illustration YUH MOEGI

哉太は嗚咽を漏らしながら縋るような目を向けた。

「イカセてくださいご主人様って言えたら、射精してもいいですよ」

やんちゃな犬、躾けます！

The discipline for a mischievous dog.

松岡裕太

YUUTA MATSUOKA presents

KAIOHSHA ガッシュ文庫

イラスト★萌木ゆう

CONTENTS

★本作品の内容はすべてフィクションです。
実在の人物・地名・団体・事件などとは一切関係ありません。

冷たい風が吹きすさぶ冬の朝、いつものように五時に起床し一時間の走り込みを終えた浅木哉太《あさぎかなた》は、自宅に隣接された広い空手道場の真ん中で、一人正座で黙想《もくそう》しながら精神を集中させていた。

幼い頃から祖父が師範《しはん》を務める空手道場に通い、全国大会で何度も優勝を果たしている哉太にとって朝稽古《あさげいこ》は当然の日課だ。

とはいえ哉太はいかにも無骨《ぶこつ》でマッチョな風貌《ふうぼう》ではない。

高校に入学して身長はようやく一七〇センチの大台に突入したが、薄い筋肉しかついてない細身《ほそみ》の少年体型は、黒目がちの大きな瞳が印象的な童顔と相まってむしろ華奢《きゃしゃ》に見える。

本人も年齢より幼く見えることを気にして、少しでも男っぽく強く見せようと髪を銀色に近い金髪に染めたツンツンヘアーにしているが、猫っ毛のせいかツルンとした広いおデコのせいか、逆にヤンチャな愛玩《あいがん》動物のように可愛らしくなってしまっていた。

もちろん哉太が男っぽい外見に拘《こだわ》るのにはそれなりの理由がある。

「ふぅ…」

雑念を振り払うように大きく息を吐き出すが、彼の頭の中は神聖な道場には相応《ふさわ》しくない悶々《もんもん》とした欲望でいっぱいだった。

目を閉じると片想いをしている相手の顔が脳裏《のうり》に浮かんでくる。

振り払おうとすればするほど、顔どころかあんな痴態《ちたい》やこんな破廉恥《はれんち》なポーズまで妄想してしまい、下半身がムズムズしてくるという始末だ。

「ダメだぁ、全然集中できねぇ」

哉太は精神統一を諦《あきら》めて冷たい床に大の字に寝転んでしまう。

「あー、風間《かざま》さんとエッチしたい……」

日々募《つの》っていく想いを持てあました哉太は、ヤリたい盛りの少年らしいストレートな欲望を口にする。

「コラ哉太！　神聖な道場でなにを寝転んどるんだ⁉」

そこへ哉太の祖父で師範でもある浅木民雄《たみお》が道場にやってきて、スケベな妄想に浸《ひた》っている哉太を一喝した。

「ゲッ、祖父《じい》ちゃん！」

昔気質《むかしかたぎ》で厳格な祖父が般若《はんにゃ》のような顔をしているのを見て哉太はギョッとなる。

小柄な哉太とは違い長身で体格もよく顔が怖い民雄には、幼少の頃から厳しく躾《しつ》けられているだけに哉太の慌《あわ》てっぷりはハンパない。

「朝稽古をサボるなと言っておるだろうっ！」

民雄は条件反射でシャキッと背を伸ばして正座する哉太を頭ごなしに怒鳴りつけた。

「なんだよっ！　こないだの大会だってちゃんと優勝したじゃんっ！」

決して稽古をサボっていたつもりではない哉太は唇を尖《とが》らせて反論する。

「バカもん！　そういう油断《ゆだん》が大敵なのじゃ！」

きちんと結果を残してるとでも言いたげな哉太に民雄は鼻息荒く精神論を説《と》く。

「大体いつまでそのヒヨコみたいな頭髪を続けるつもりだっ」

「ウッサイなぁ…」

さらに髪型のことにまで話が飛んで、厳《いか》ついつもりでいる金髪をヒヨコ呼ばわりされた哉太は鬱陶《うっとう》しそうに吐き捨てた。

「なにぃ!?」

いかにもふて腐れていますという哉太の態度に民雄はカァッとなる。

「哉太ー、そろそろ朝食にしないと遅刻するぞ」

祖父の怒りを買ってしまった哉太の頭に後悔という言葉がよぎったとき、一触即発《いっしょくそくはつ》の空気を掻《か》き消すノンキな父勝哉《しょうや》の声が母屋から聞こえてきた。

「はーいっ」

これ幸いと返事をした哉太は脱兎のごとく道場から飛び出していってしまう。

「サンキュー父ちゃん」

廊下ですれ違うなり礼を言ってくる息子に勝哉はキョトンと首を傾《かし》げた。

厳しい祖父とは対照的に婿《むこ》養子として浅木家に入った勝哉は、国会議員の政策秘書を務めるインテリで穏やかな性格をしている。

父だけでなく母も哉太には甘く、派手な金髪も社会人になれば自由にはできなくなるのだし、学生のうちはしたいようにすればいいと許してくれていた。

急いでシャワーを浴びて朝食を平らげた哉太は、いかにも私立のお坊ちゃま学園らしい紺色の詰め襟《えり》の制服に着替えて髪型を整える。

「ヨシッ」

鏡で全身をくまなくチェックした哉太は納得したように頷く。

これから最愛の人に会いに行くのだと思うと気合いを入れずにはいられない。

「今日こそ風間さんをクリスマスデートに誘うぞっ」

自らを発憤《はっぷん》させるようにつぶやいた哉太は、学園指定の鞄《かばん》を手にすると小走りで玄関に向かった。


仕事に向かう父の車に便乗して神楽坂《かぐらざか》にある代議士の豪邸にやってきた哉太は、駐車場に並ぶ黒塗りのベンツの脇に控えているスーツ姿の男に声をかけた。

「おはよう、風間さん！」

「おはようございます」

元気よく挨拶をしてよこす哉太に風間朋尋《ともひろ》は恭《うやうや》しく頭を下げる。

「エへ」

一八〇を超えるスラリとした長身に、中性的で美しい顔立ちをした風間と目が合った哉太は、自然と頬《ほお》が緩んでニコニコしてしまう。

哉太が風間に一目惚《ぼ》れをしたのは今から二年前の冬の日の出来事だった。

自分より長身の男に胸がトキメいてしまうなんて驚きだが、風間の美貌《びぼう》は哉太の常識や経験を覆すほど輝いている。

風間朋尋と名乗るその青年は、哉太の父勝哉が秘書を務める古葉辰巳《こばたつみ》という国会議員の次男坊で、哉太の幼なじみでもある古葉虎次《とらじ》のボディーガードとしてやってきた。

元警視庁のSPという経歴の持ち主でありながら、いかにも強面《こわもて》でガタイがいい連中とは違い、まだ二十代半ばと年も若く一見細身で女顔の風間は、子供の警護をさせるのにピッタリだと破格の待遇でスカウトされたらしい。

というのも古葉家の箱入り息子虎次は、元女優の母親にソックリでそれはそれは可愛い顔立ちをしており、その家柄も相まって幼い頃から身代金目的の誘拐や変質者に狙われまくっていたのだ。

虎次を溺愛《できあい》する辰巳が要人警護のプロを虎次の側《そば》に置くのはある意味当然といえる。

幸か不幸か同級生の哉太もその空手の腕を買われて、虎次が学校にいる間はお目付役《めつけやく》として身を守る役目を仰せつかっていた。

幼稚舎から一貫教育の金持ち私立男子校に通わされて、我《わ》が儘《まま》で生意気なお坊ちゃまのお守りをするなんて面倒だと思っていたが、おかげで哉太は運命の人に出会うことができたのだ。

「今日寒くない？」

スッと真っ直《す》ぐ背を伸ばして立っている風間に、哉太は指先に息を吹きかけるようにしながら話しかける。

「ええ、すっかり冬らしくなりましたね」

古葉家の庭に植えられている落葉樹《らくようじゅ》が、すっかり葉を落として寒々しい姿になっているのを眺めながら、風間は目を細めてコクンと頷《うなず》いた。

「もうすぐクリスマスだもんな」

「車の中、暖房入ってますよ」

すかさず話をクリスマスに持って行こうとする哉太に、気を利《き》かせた風間は車の中に入って寒さを凌《しの》ぐように促す。

「じゃなくて、神楽坂ってさぁ、クリスマスのイルミネーション少なくって地味じゃない？」

年末の風物詩《ふうぶつし》とも言えるイルミネーションも、古き良き日本の街並みが残る神楽坂ではほとんど見かけることがない。

「街並みとマッチしませんし、仕方ないと思いますが…」

むしろ神楽坂の情緒《じょうちょ》ある景色が気に入っている風間は、哉太の意図がわからずに首を傾げる。

「せっかくだからイブに…」

意を決した哉太が風間をクリスマスデートに誘おうとしたとき、玄関から虎次がスーツ姿の男を引き連れて出てきた。

「おはようございます、虎次坊ちゃま、奥菜《おきな》先生」

まだ眠そうな顔をしている虎次と連れの男に風間は深々と頭を下げて挨拶《あいさつ》をする。

アッサリと会話を打ち切られてしまった哉太は、なにより最優先で虎次に忠誠を尽くす風間の姿にチリッと胸が痛くなってしまう。

「おはようございます」

風間の挨拶に反応しない虎次に代わって、虎次と並んで歩いている奥菜雄大《ゆうだい》が爽《さわ》やかに挨拶を返してきた。

モデルのような長身にパッと目を引く派手な男前の雄大は、哉太や虎次の担任教師なのだが、虎次に一目惚れをされたあげく『犬』として古葉家に同居させられている。

二つ年上で成績優秀、容姿端麗《ようしたんれい》、高等部の生徒会長まで務めている兄龍一《りゅういち》の影響で、見《み》目麗《めうるわ》しい男を犬として側に置くことがステイタスだと思っている虎次は、雄大を薬で眠らせたあげく強引に肉体関係を結んで犬扱いを続けた。

甚だ非常識だと思いつつも、虎次の一途な想いに絆されてしまった雄大は、自ら犬として主《あるじ》である虎次を躾ける決意をし、身も心も結ばれた恋人同士になったのだ。

風間をめぐる恋のライバルにならないためにも、虎次には雄大とくっついてもらったほうが都合《つごう》いい哉太が、虎次の恋に協力的だったのは言うまでもない。

「寒いぞ…」

「コラ子虎、ちゃんと風間さんに挨拶しろって」

使用人である風間に挨拶すらしようとせず気候にケチをつけている虎次に、雄大は眉をひそめて注意をした。

虎次は雄大のことを犬扱いして威張っているが、雄大は決して虎次の理不尽《りふじん》な要求に言いなりになったりしないし、むしろ非常識なお坊ちゃまを日々躾けてやっている。

「…おはよう」

シブシブながらも虎次は風間にチラッと視線を寄こして挨拶した。

「どうぞ」

そんな虎次の態度に腹を立てた様子もなく、風間はニコッと笑って後部座席のドアを開けてやった。

「じゃあ、また学校でな」

雄大はそう言って虎次の頭をクシャッと撫《な》でてから徒歩で飯田橋《いいだばし》駅に向かう。

さすがに担任教師が生徒と同伴出勤するのは色々問題あるので、雄大は古葉家で暮らすようになってからも電車通勤を続けている。

「あぁ」

コクンと頷いた虎次は名残《なごり》惜しそうに雄大を見送りながら車に乗り込んだ。

「うー、どうして別々に登校せねばならんのだ…」

どうせまたすぐに教室で会えるというのに、虎次は不満そうに口を尖《とが》らせて文句を言っている。

「だったら若虎が一緒に電車乗ってけばいいじゃん」

助手席に乗り込んだ哉太は毎朝同じコトで文句を言う虎次に呆《あき》れたように突っ込む。

古葉家の車で一緒に登校するのがマズイのであって、公共の交通機関を使えばいくらでも偶然を装うことができるはずだ。

哉太にとって虎次は父が秘書として仕える代議士の息子ではあるが、いわゆる幼なじみでもあるので必要以上に諂《へつら》ったりはしない。

さすがに呼び捨てにするわけにはいかないが、同級生をお坊ちゃまと呼ぶのも敬称をつけるのも抵抗があるので、勝手に若虎というあだ名をつけて呼んでいる。

虎次のほうも物怖《ものお》じせずに接してくる哉太を対等な友人として扱っていた。

「この俺が満員電車になど乗れるかっ」

「そーですねー」

憤慨したように主張する虎次に哉太はおざなりな相槌《あいづち》を打った。

とはいえ虎次の車に便乗して通学するのは、哉太にとって風間と一緒に過ごす貴重な時間なので失うわけにはいかない。

哉太はハンドルを握る風間の芸術的に美しい横顔をウットリと眺めた。

いくら運転に集中しているとはいえ、風間だって哉太の熱視線には気づいているはずなのに、顔色ひとつ変えることなく平静を装っている。

風間のそんなクールで仕事に私情を挟まないところも大好きなのだが、まったく相手にされてないようで寂しくもあった。

「ふぁ…」

「寝不足ですか?」

後部座席に沈み込むようにして欠伸《あくび》を漏らす虎次に風間は心配そうに問いかけた。

「あぁ、雄大の躾はなかなか大変なのだ」

虎次はニヤリと唇の端を上げて寝不足の原因を打ち明ける。

「躾って、要するにエッチだろ」

わざとらしく含みを持った言い方をする虎次に哉太はチッと舌打ちをした。

筋金《すじがね》入りの箱入り息子で、雄大と結ばれるまでは一般常識程度の性の知識もなかったクセに、今では毎晩のようにエッチしまくりの虎次が羨《うらや》ましくてたまらない。

そもそも哉太が欲求不満で悶々とした日々を過ごしているのも、虎次と雄大の情事を見せつけられてしまったのが原因なのだ。

「犬を可愛がってやるのも主として当然の義務だからな」

「あっそ」

完璧にノロケとしか思えない話を聞かされて哉太はウンザリとしてしまう。

虎次本人は主として雄大を可愛がっているつもりらしいが、端《はた》で見ていて可愛がられているのは虎次のほうだった。

哉太だって風間のことを可愛がってやりたいが、虎次のノロケ話にも眉一つ動かさない風間に、妄想の中でアンナコトやコンナコトをするのが精一杯だった。

翌日から冬休みを控えた終業式の日、哉太は目前に迫ったクリスマスに託《かこつ》けて風間をその気にさせる方法を考えていた。

イブだって風間は虎次のデートにボディーガードとして同行するため、二人きりでデートをするのは難しいかもしれないが、ダブルデート状態に持ち込むことはできるかもしれない。

問題は虎次と雄大がベッドインしたあと、風間と二人で甘い時間を過ごせるかどうかということだった。

「起立、礼」

具体的な方法が思い浮かばないまま風間との甘い一夜を妄想している哉太は、HRの終了を告げる号令にも気づかずボーッとしている。

「浅木、ちょっといいか？」

そんな哉太に雄大は不審そうに首を傾げながら声をかけた。

「なんスか？」

名指しされてハッとなった哉太は気まずそうに教壇《きょうだん》に近づいていく。

「とりあえず進路指導室へ行くぞ」

「へっ？」

ついてこいと言うように顎《あご》をしゃくられて、呼び出しされるような心当たりがない哉太は目をパチクリさせる。

「雄大ッ！」

するとそこへ虎次が行く手を塞《ふさ》ぐように立ちはだかった。

「なんだよ？」

嫉妬《しっと》の炎をメラメラと燃やしている虎次に雄大は面倒くさそうに尋ねた。

「どうして哉太だけ呼び出すのだ!?」

自分の犬が自分以外の者を気にかけるのが許せない虎次は、独占欲を丸出しにして雄大に詰め寄る。

「だから進路指導つってんだろ」

基本的に学校では担任教師と生徒として、虎次を特別扱いすることないように心掛けている雄大は、他意はないというようにキッパリと言い切った。

「うー」

「いいか、ついてくるなよ」

なおも不満そうにうなり声を上げている虎次に雄大は忠告を与える。

モチロン犬に忠告されたからといってオメオメと引き下がる虎次ではなく、一定の距離を置いて進路指導室に向かう雄大と哉太のあとを尾《つ》けていく。

「なんかオアズケくらってる犬みたい」

虎次の突き刺すような視線を感じながら、進路指導室で雄大と机を挟んで向かい合わせに座った哉太は、入口の窓からチラチラと室内を覗《のぞ》いている虎次に苦笑いを漏らした。

健気《けなげ》に雄大を見張っている様はどちらが犬かわからないという感じだ。

「お前なぁ、どうして呼び出されたかわかってるか？」

担任教師に呼び出しをくらっておきながら、まったく緊張感のない哉太に雄大はため息交じりに問いかける。

「全然っ」

哉太はブンブンと首を横に振りながら正直に答えた。

「コレ、どういうつもりだ？」

ファイルの中から哉太の進路調査票を取り出した雄大は、真面目《まじめ》に考えたとは思えない志望校の名前を指して真意を尋ねる。

慶成《けいせい》学園の生徒はほぼ百パーセント進学希望なのだが、第一志望の欄に具体的な大学名や学部ではなく『若虎と同じトコ』などと書いて提出したのは哉太一人だった。

「そのまんまの意味ッスけど？」

雄大がなにを問題視してるのかわからない哉太は平然と言い返す。

「友達と同じ大学行きたいとか、女子中学生じゃあるまいし…」

「じゃなくて、俺の目当ては風間さんのほうだっつーの」

大きな勘違いをしている雄大に哉太は唇を尖らせて突っ込んだ。

「はぁ？」

「若虎と同じ大学行かないと風間さんと一緒にいられないじゃん」

思いっきり眉をひそめる雄大に気づくことなく、哉太は不純極まりない目的を堂々と主張する。

「バカタレ。大学受験は一生を左右する重要なことなのに、色恋を混同して考えるヤツがあるか」

お話にならない答えに雄大はお説教モードに突入してしまう。

雄大も哉太が風間に片想いしてることは知ってるが、虎次と同じ大学に進学してもせいぜい送り迎えの車に同乗させてもらうくらいで、風間と机を並べて勉強ができるわけではないのだ。

「ちゃんと考えてるって。若虎が政治家目指すなら、秘書になってやってもいいし」

一応将来のビジョンらしきものも考えている哉太は、どうせ虎次と一緒に政治を学ぶのなら、父のように政策秘書として虎次を支えてやってもいいと思っていた。

たしか勝哉も虎次の父辰巳とは大学の同期生だったと聞いている。

家柄もルックスも申し分ない辰巳と違い勝哉はごく一般家庭の出身なのだが、二人は妙に馬があったらしく、強引な辰巳にどうしてもと頼まれて卒業後は秘書として働くことになったそうだ。

以来勝哉は、政界の若様と呼ばれ現内閣の最年少大臣として国政の中枢を担っている辰巳を陰から支え続けている。

哉太だってお目付役として虎次を守ってやっているし、父親たちと似たり寄ったりな関係なのではないかと思う。

「言っとくが、子虎が第一志望にしてる国立の法学部も、滑り止めに考えてる付属大学の政治経済学部だって、今の浅木の成績じゃとても受からないぞ」

自分の成績に見合った進路がわかってない哉太に雄大は現実的な話をしてやった。

「はい？」

哉太は思わず目をパチクリさせて雄大の顔を見る。

「いくら持ち上がりの付属大っても、定員の五十パーセントしか推薦枠がないって理解してるか？」

「え？　若虎が大丈夫なら俺だってオッケーっしょ？」

具体的な数字をあげる雄大に、哉太はよくわからないながらも首を傾げて確認した。

「子虎はアレで学年二十位以内から落ちたことないからな」

一般常識は著《いちじる》しく欠落している虎次だが、意外なことに学業の成績は常にトップクラスを維持している。

なんとか進学試験にパスできる程度の成績をキープし続けている哉太とは、はっきり言ってレベルそのものが違った。

「ウソォ、だって兄貴のほうが全然優秀だって…」

哉太は信じられないというようにユルユルと首を振ってつぶやく。

慶成学園はじまって以来の秀才といわれている兄龍一と比べて、虎次は自分の成績にかなりのコンプレックスを持っているようだったから、まさかそんなに出来がいいとは夢にも思っていなかったのだ。

「常にダントツトップの成績を誇る兄貴に比べれば見劣りするけど、子虎だってトップクラスであることに変わりないんだよ」

「マジッスか…」

意外すぎる事実に哉太はボーゼンとなった。

見た目は一流大学を出て国会議員の第一秘書を務めている父にそっくりな哉太だが、中身はどうにも体育会系で血の気《け》が多い母方の血を引いている。

これでは虎次と同じ大学に進学するどころか、風間と一緒にいられるのは高校の間だけになってしまう。

「まぁ、まだ受験まで二年近くあるし、どうしてもっていうなら子虎と同じ大学に入れるように猛勉強するんだな」

ガックリと項垂《うなだ》れる哉太に雄大は肩を竦《すく》めて慰めるように告げた。

「うぇ～」

幼稚舎からの持ち上がり組で受験とは無縁だった哉太は、勉強漬けの毎日を想像して心底嫌そうな顔をする。

「ずっと風間さんと一緒にいたいなら、秘書よりも子虎のボディーガードを目指したほうが手っ取り早いんじゃないか？」

そんな哉太に雄大は別の仕事を考えるようにアドバイスしてやった。

「外部の体育大学なら空手日本一の肩書きを活かして推薦入学できるだろうし、平行《へいこう》して特殊警護の訓練を受けて身辺警護のプロフェッショナルになるとか」

「うーん…」

雄大の言うとおり秘書よりボディーガードのほうが現実的かもしれないが、それでも大学の四年間は風間と離れて過ごさなければならないのだ。

「そもそも両想いの恋人同士になれば、子虎を介さなくても一緒にいられるだろ？」

難しい顔をして考え込んでいる哉太に雄大は根本的な疑問を投げかけた。

「俺だって風間さんと両想いになりてーよ！」

痛いところを突かれた哉太は両手でバンバンと机を叩きながら訴える。

哉太がいくら思わせぶりな態度をとっても、風間はいつもニコニコ笑顔を浮かべているだけで、なにを考えているのか哉太のことをどう思っているのか読めなかった。

こうなったら正面切って堂々と告白するしかないかとも思うが、もし玉砕《ぎょくさい》してしまったら今までのように風間につきまとうこともできなくなりそうで怖い。

「てか、どうすれば風間さんがその気になってくれると思う?」

弱気になった哉太は縋《すが》るような気持ちで雄大にアドバイスを求めた。

「子虎みたく強引に既成事実を作るとか?」

真面目《まじめ》な進路相談で呼び出したはずが、いつの間にか色恋の相談がはじまってしまったことに、雄大はため息を漏らしながらも答えてやる。

虎次が雄大を逆レイプしようとしたときには、性の知識がほとんどない虎次に具体的な挿入方法を入れ知恵し、雄大に薬をかがせて眠らせるという実行犯まで担ったクセに、自分のこととなると奥手《おくて》っぽくなる哉太が不思議だった。

「奥菜先生と違って風間さんは奇襲が通じるようなタマじゃないっての」

元警視庁の敏腕SPで危機管理能力に長《た》けている風間を襲って、強引に既成事実という名の性的関係を結ぼうとしても、あっさり返り討ちにあうのは目に見えていた。

「だったらいっそ『犬にしてください』とでもお願いしてみれば?」

「え…?」

冗談めかして提案する雄大に哉太は目から鱗《うろこ》が落ちたような気分になる。

虎次のように惚れた相手を犬扱いして言いなりにさせようとするのではなく、自ら犬になることを志願して風間の側に置いてもらえばいいのだ。

「失礼します」

雄大のナイスアイデアに哉太が目を輝かせていると、コンコンッというノックの音がして他校の制服を着た長身の少年が入室してきた。

「ふぎゃッ」

密かに匍匐《ほふく》前進で進路指導室への侵入を試みていた虎次は、いきなり入ってきた少年に踏みつけられて潰《つぶ》れた悲鳴を上げる。

「なにをする、この無礼者っ！」

「わっ、自分なんでこんなトコにおるん？」

憤慨したように叫ぶ虎次にギョッとなった少年は大阪弁丸出しで問いかけた。

一八〇を超える長身で足下まで目がいかないというのもあるが、まさか入口のドアを入ってすぐのところに人が這《は》いつくばっているなんて思いもしなかったのだ。

「人を足蹴《あしげ》にしといて、なんという言い草だッ！」

すぐに謝ろうとしない少年にカァッとなった虎次は激高《げっこう》して怒鳴り散らす。

「なに騒いでんだ？」

不穏《ふおん》な空気に雄大は眉をひそめて口を挟んだ。

「雄大っ！　これはだな、その…」

険しい顔をしている雄大を見た途端に、ついてくるなという言いつけを破ったことを思い出した虎次は、慌てて言い訳の言葉を探すが頭が真っ白になってなにも出てこない。

「あ、奥菜先生スか？」

そんな虎次に代わって大阪弁の少年が雄大に問いかける。

「あぁ」

「来学期から転入さしてもらう宮地《みやじ》友聖《ゆうせい》です。職員室に挨拶行ったら進路指導室や言われたんで」

コクンと頷いた雄大に少年はペコッと頭を下げて自己紹介をすると、進路指導室を訪れた事情を話した。

「そうか、わざわざ悪かったな」

愛想のいい笑顔を見せる友聖に雄大は労《ねぎら》いの言葉をかける。

「なに転校生？」

名門私立の慶成学園に転校生は珍しくて、哉太は好奇心丸出しで尋ねた。

友聖は長身に目鼻立ちがくっきり整った男前で、茶髪と愛想のいい関西弁がナンパっぽい印象を醸《かも》し出している。

「えー、もしかして自分クラスメイト？　ごっつ可愛いやん」

哉太と目が合った友聖はハイテンションで率直な感想を述べた。

「は？」

「大阪から越してきた宮地友聖や。仲良くしてな」

友聖はキョトンとなっている哉太に近づいてくると、強引に手を取って握手しながら自己紹介をする。

「あ、えと、浅木哉太…」

人懐《ひとなつ》っこい友聖に圧倒された哉太はつられて名前を名乗ってしまう。

「さっそくやけど、学校案内してくれへん？」

なおも哉太の手を握ったまま、友聖は甘えたような猫なで声でお願いしてきた。

「俺が？」

唐突な展開に哉太は困惑の表情を見せる。

とはいえ意外と面倒見のいい哉太には転校生を無下《むげ》に扱うことができない。

「なにしろ哉太は東京出てきて一番はじめにできた友達やしな」

「って、いつの間に友達になったんだよ」

まだ自己紹介を済ませただけでロクに会話もしてないのに、いきなりファーストネームを呼び捨てにされた哉太は思わず突っ込みを入れる。

「ほら、そのツッコミ。俺の相方《あいかた》にぴったしや」

ニヤリと笑った友聖は待ってましたとばかりに哉太の肩を抱いた。

「なっ…」

馴《な》れ馴《な》れしく密着してくる友聖にさすがの哉太も唖然《あぜん》となった。

「ほな行くで」

さらに友聖はそのまま強引に哉太を進路指導室から連れ出そうとする。

「ちょっ、待てって！」

大柄な友聖にズルズルと引きずられて、焦《あせ》った哉太は助けを求めるように雄大に手を伸ばす。

「頼んだぞ、浅木。あと進路調査票は冬休み中に再提出な」

しかし薄情な雄大はそれだけ告げると、いつの間にか雄大を独占するように引っ付いている虎次の頭を撫でながら哉太を送り出した。


友聖に促されるまま校舎を案内した哉太は、最後に全校生徒が一堂に会することができる広い食堂に足を運んだ。

「で、ここが食堂な」

慶成学園高等部の給食は、一流シェフが腕を振るった豪華な料理がビュッフェスタイル

で提供されるため、学食というより高級ホテルのレストランのような雰囲気だった。

とはいえ今日は午前中に終業式のみだったので食堂も閑散《かんさん》としている。

「広っ！　ホテルの宴会場みたいやん！」

男子校とは思えないくらい清潔で高級感のある空間に友聖は感嘆《かんたん》の声を上げた。

「昼休みになると全校生徒が集まるから。慶成学園て良家の子息が多いし、クラスや学年の垣根を越えた社交場みたいなカンジなんだよ」

「うへぇ、東京の金持ち学園はレベルがちゃうなぁ」

哉太の説明に友聖は少々辟易《へきえき》したような感想を漏らす。

「宮地だって、ウチに編入してくるくらいなんだから金持ちだろ？」

慶成学園はいわゆる一貫教育のお坊ちゃま学園で、編入試験は超難関と言われてるうえに入学金や授業料も恐ろしく高額なはずだ。

「そんな他人行儀な呼び方せんと、友聖でええよ」

「ええよって言われても…」

他人行儀もなにも思いっきり他人だし、改めて要求されるとなんだか気恥ずかしくて哉太は口籠《くちご》もってしまう。

「なんなら友ちゃんでもええし」

するとと友聖はさらに可愛い呼び方を自ら提案してくる。

「…わかったよ。友聖な」

図々《ずうずう》しいのになぜか憎めない友聖に根負けした哉太は、苦笑いを浮かべながら下の名前を呼んでやった。

「哉太もイイトコのお坊ちゃんなん？」

嬉しそうにニコッと笑った友聖は逆に哉太の家柄を尋ねた。

「俺は限りなく庶民に近いけどな」

おそらく勝哉はそれなりの待遇で辰巳に雇われているのだとは思うが、哉太が生まれ育った浅木家は空手道場を経営するごく普通の家庭だし、新宿区神楽坂の一等地に豪邸を構える古葉家と比べたら庶民中の庶民だ。

「さっき友聖がぶつかった、小柄で可愛い顔したヤツいたじゃん？　俺は若虎って呼んでんだけど…」

「俺はああいう気取ったタイプより、哉太のほうが可愛らしいと思うけどな」

虎次との関係を説明しようとする哉太の言葉を遮《さえぎ》って友聖は大真面目に主張する。

「どこがっ」

自分の容姿にコンプレックスがある哉太はムッとなって言い返した。

「そんなん黒目がちなパッチリした大きい瞳やろ、剥《む》いたゆで卵みたいにツルンッとしたおデコやろ、金髪もヒヨコみたいで撫でくり回したくなるわ」

友聖は律儀《りちぎ》に哉太の可愛いと思う特徴を挙げていく。

しかし、誰より強く美しい風間と並んでも見劣りしないように、逞《たくま》しく男らしくありたいと思っている哉太にとって、可愛いという形容詞は決して誉《ほ》め言葉ではない。

「あー、もうっ！　話逸《そ》らすなよっ！」

やり場のない憤りを堪えるように哉太は地団駄《じだんだ》を踏んだ。

「で、さっきのチビがどしたん？」

なぜか不機嫌になってしまった哉太に首を傾げながらも友聖は続きを促してやった。

「若虎の父親ってイケメン大臣、古葉辰巳なんだよ」

哉太はふて腐れたように唇を尖らせながら虎次の父親が誰なのかを明かす。

「次期総理大臣候補の？」

「そう。で、俺の父ちゃんが古葉辰巳先生の第一秘書ってワケ」

父親同士が学生時代の友人でありながら政治家とその秘書という関係なので、哉太にとっても虎次は単なる幼なじみ以上の存在だった。

「オマケにウチの父ちゃん婿養子で同居してる爺ちゃんに頭あがんないし、俺がこの学園に通ってるのだって若虎のお目付役を仰せつかってるから…みたいな」

クラスメイトたちも医者や弁護士の息子など錚々《そうそう》たるメンツが揃っているが、哉太は虎次と同じ学年でお目付役を頼まれていなかったら、普通に公立の小中学校に通っていたのではないかと思う。

「えらい過保護やな～」

チビのクセに偉そうな虎次の態度を思い出した友聖は、信じられないというように首を振る。

「まぁ、若虎って超箱入り息子だし一般常識が通じないっていうか…」

端で虎次と行動を共にしていると、四六時中ボディーガードに付きまとわれる生活というのは、それはそれで窮屈だし可哀想だと思うこともあった。

モチロン哉太は風間とずっと一緒にいられる虎次が羨ましくて仕方ないが、虎次はデートですらボディーガード同伴で雄大と二人きりにはなれないのだ。

哉太も虎次と雄大のデートに便乗して、風間と四人でダブルデートのような気分を味わわせてもらうこともあるが、当然風間は虎次のほうばかり気にかけている。

それが風間の仕事だとわかっていても寂しいし悔しいし、哉太の風間への想いはますます募るばかりだった。

「はぁ…」

誰よりも綺麗でツレない風間に哉太は深いため息を漏らす。

「どしたん?」

突然ドンヨリとした空気を身に纏《まと》った哉太に友聖は不思議そうに問いかけた。

「なんでもない。あとはグラウンドとか体育館だな」

ブルブルッと首を振って気持ちを切り替えた哉太は、食堂を出て下駄箱《げたばこ》の方に歩いていく。

「部活入るなら部室棟も案内するけど？」

哉太は隣を歩く長身の友聖を見上げながらついでというように尋ねた。

「哉太は何部なん？」

「帰宅部」

基本的に放課後は虎次というより風間と一緒に過ごしたい哉太は、空手部からの勧誘を断ってもっぱら自宅の道場で稽古をしている。

「意外やなぁ。ものっそ運動神経よさそうなのに」

友聖はそう言って制服の上から哉太の腕や背中を無遠慮に撫でた。

一見小柄だし細身ではあるが、哉太の全身にはしなやかでバランスのいい筋肉がついている。

「爺ちゃんが空手道場やってっから、そっちのほうで鍛えてるけど」

くすぐったそうに身を捩《よじ》った哉太は部活以外でちゃんと運動してることを明かす。

「あぁ！　思い出した！」

途端に大声を出した友聖に哉太はギョッとなった。

「子供の頃、天才空手少年いわれてテレビ出とったやろ？」

「ちょっとだけな」

哉太は友聖の大袈裟《おおげさ》な反応に照れ笑いを浮かべながらコクンと頷いた。

初等部の四年生だったときに、自分より大柄な六年生も大勢参加しているジュニアの部で優勝した哉太は、天才空手少年としてワイドショーで取り上げられたことがある。

「俺もガキの頃習っとったからスゲー印象的やってん」

いかにもヤンチャで可愛い顔をした哉太は同級生と比べても小柄なのに、大人顔負けに強くて友聖が通っていた道場でも話題になっていた。

お坊ちゃん刈りだった当時に比べて髪型は派手な金髪になっているが、よく見ると目鼻立ちも童顔《どうがん》なところも全然変わっていない。

「今は続けてないのか？」

「小学校卒業してソッコーやめたったわ。俺は武術も格闘技も興味ないのに親父に無理矢理通わさせられとっただけやし、中学ではバスケ部入りたかったからな」

哉太の問いに友聖は大きく肩を竦めて、空手を習っていたのは自分の意志ではないことを告げる。

「ふーん、じゃあコッチでもバスケ部入んの？」

それで友聖は長身なのかと納得した哉太は、身長を伸ばすために今からバスケを始めるべきか真剣に考えてしまう。

「いや、バスケも中学で卒業して今はなんもやってへんよ」

ユルユルと首を振った友聖はあっけらかんと答えた。

なんとなく格好良さげではじめたのはいいが、体育会系の上下関係が性《しょう》に合わなくて続ける気になれなかったのだ。

「良い体格してんのに、もったいねー」

小柄で童顔な哉太にしてみれば、友聖の恵まれた顔と体格は取り替えてほしいくらい理想的だった。

友聖ならきっと風間と並んでも見劣りしないだろう。

「せやから今度、東京案内してや」

羨ましそうな顔をする哉太に友聖はニッコリ笑ってお願いする。

「えっ？　東京タワーとか？」

生まれも育ちも東京の哉太だが、案内できるような場所はド定番の観光スポットくらいしか思い浮かばない。

「観光地やなくて、遊ぶ場所とかデートスポットとか東京にはいっぱいあるやろ？」

東京見物がしたいわけではない友聖は、高校生が放課後にたむろできるような場所を教えてほしいのだと訴えた。

「お、俺はあんまそういうのは詳しくねーよ」

なにしろ哉太の放課後といえば、風間目当てで古葉邸に入り浸っているか、道場で稽古しているかで、同年代の若者がどこで遊んでいるのか知らないし興味もなかった。

「マジで？　クラブとか行かへんの？」

「行ったことない」

驚いたように尋ねてくる友聖に哉太は正直に答える。

「じゃあ今度一緒に行こうや」

意外と真面目なのか奥手なのか、イマドキの高校生とは思えないことを言う哉太を、友聖は遊びに連れ出してやりたくなってしまう。

「でも…」

クラブなんて正直行ってみたいとも思えない哉太は難色を示す。

「もしかして、哉太もそうとうな箱入り息子？」

夜遊びくらいで躊躇《ためら》う哉太の頬を友聖はからかうようにチョンとつついた。

「そんなんじゃねーよ！」

なんとなくバカにされてるような気がした哉太は、ムッとしたように友聖の腕を振り払った。

「別に興味なかっただけで、友聖が行きたいっていうなら連れてってやってもいいぜ」

負けず嫌いが災《わざわ》いした哉太は止《よ》せばいいのに大見得《みえ》を切ってしまう。

「決まりやな」

単純な哉太に友聖はクスッと笑って頷いた。

なんとなく上手《うま》く乗せられてしまったような気がしなくもないが、嬉《うれ》しそうな友聖を見ていると、たまには虎次以外の同級生と連《つる》むのも悪くないかと思えてくる。

「せっかくやし、明後日《あさって》のイブとかにビシッと決めて行かへん？」

さらに友聖は盛大なイベントが行われるであろう日に約束を取りつけようとした。

「や、クリスマスはちょっと…」

結局デートに誘うことはできなかったが、イブの日は風間と一緒に虎次と雄大のデートに同行するつもりでいるし、クラブなんかに行ってる場合じゃなかった。

「なになに、彼女と約束あるん？」

思わせぶりに口を濁《にご》す哉太に友聖は好奇心丸出しで探りを入れる。

「彼女じゃねーけど、たぶん好きな人と一緒にいられるから…」

色恋の話に慣れてない哉太は、いかにも照れくさそうに顔を赤くして打ち明けた。

「哉太の好きな子ってこの学園におるの？」

「ううん」

さらなる友聖の問いに哉太はフルフルと首を横に振る。

「って、よく考えたら男子校やったな」

むしろ男子校に好きな相手がいたら大問題だと気づいた友聖は、マヌケな質問をしたとばかりに苦笑いを浮かべた。

「そーだよっ」

哉太はギクッとなりながらも友聖に同意しておく。

いくら風間がその辺の女より綺麗で優しくて強くても、生物学的には男だし堂々と紹介するわけにはいかない。

「けど残念やな～」

焦る哉太に友聖は唇を尖らせてポツリとつぶやいた。


クリスマスイブ当日。哉太の目論見《もくろみ》どおり、虎次は雄大と甘いひとときを過ごすべくロマンチックなデートを計画していた。

一行はまず貸し切りのクルーザーで横浜港を出発し、豪華船上ディナーのフルコースを楽しみながら、ライトアップされた運河やベイブリッジを満喫することになった。

しかも二人きりの時間を邪魔されたくない虎次の計らいで、哉太と風間には船内の別室にディナーが用意されていたのだ。

思いがけず風間と二人きりになれた哉太のテンションは最高潮になってしまう。

さらにクルージングのあとは、みなとみらいの夜景が一望できる高級ホテルのスイートルームに宿泊することになっている。

「うわ、スッゲー！　ベイブリッジも観覧車も超キレイじゃんっ！」

ホテルの部屋に入るやいなや、パノラマビューになっているリビングから見える夜景に哉太は感嘆の声を上げた。

リビングとベッドルームがセパレートになっている高層階のスイートは、クリスマスの夜を演出するのにもってこいのゴージャス感が漂っている。

「なかなか悪くない眺めだな」

虎次も腰に手を当てて窓の景色を眺めながら満足そうに頷く。

「若虎、風呂からも観覧車見えるぜっ！」

広い室内を物色していた哉太はバスルームを覗《のぞ》いて興奮気味に虎次を呼び寄せた。

「哉太くんがハシャいでどうするんですか」

ただの付き添いのクセに浮かれる哉太に風間はたまらず苦言を呈する。

「だって…」

シュ一ンとなった哉太はスゴスゴとバスルームをあとにした。

「よし雄大、服を脱ぐのだ」

入れ替わりに雄大の腕を引いてバスルームにやってきた虎次は偉そうに指示を出す。

「てかブラインド開けたまま入ったら、観覧車から丸見えじゃねぇ？」

雄大は服を脱ぐ前に蛇口《じゃぐち》を捻《ひね》ってバスタブにお湯を張りながら素朴な疑問を口にした。

部屋から観覧車が見えるということは当然観覧車の乗客からも部屋が見えるはずで、開放感があるというか露出プレイと紙一重ではないかと思う。

「閉めたらせっかくの夜景の意味がなくなるではないか」

虎次は誰に遠慮する必要があるのかとばかりに主張する。

「子虎は見られながらするの好きだもんな」

意外と無頓着《むとんちゃく》で大胆な虎次に雄大はニヤリと笑って意地悪く囁《ささや》いた。

「なっ⁉　断じて俺はそのような性癖持ち合わせてないぞっ！」

「はいはい」

ムキになって反論してくる虎次におざなりな相槌を打ちながら、雄大はバスルームの奥にある扉を開ける。

「おっ、このまま寝室にも繋《つな》がってんのか」

雄大は感心したように言いながらそのまま寝室へと入っていった。

「お前らは朝まで好きにしていいぞ」

そんな雄大の姿をチラッと目で追った虎次は、リビングの哉太と風間にそう言い残してピシャッとバスルームの扉を閉めた。

「あ…」

おそらく虎次は雄大とバスルームで夜景を見ながらエッチする気満々だろう。

哉太だって、できることならロマンチックな夜景を見ながら風間と裸のお付き合いがしたい。

「お茶でも入れましょうか?」

羨ましそうに立ち尽くしている哉太に風間は気を利かせて声をかけた。

「うんっ!」

ハッとなった哉太は平静を装ってリビングのソファに腰掛ける。

広いリビングにはミニバーが設置されていて、ワインやシャンパンはもちろん簡単なカクテルだってつくれるし、老舗《しにせ》ブランドのティーセットまで用意されていた。

もちろん未成年の哉太にアルコールを飲ませるわけにはいかないし、風間自身も車を運転するためアルコールは摂取《せっしゅ》できないので、温かい紅茶をティーポットにサーブしてソファのほうへ持っていく。

「どうぞ」

手際よくカップに紅茶を注ぐ風間は、ボディーガードというより執事かウエイターのようだった。

「ありがと風間さん」

哉太はソワソワした気分を落ち着けるように芳《かぐわ》しい香りの紅茶を口に含んだ。

けれどクリスマスイブに夜景が見える部屋で二人きりなんて、またとないシチュエーションを意識した哉太の心臓は、鎮《しず》まるどころかどんどん高鳴ってきてしまう。

「やっぱクリスマスのイルミネーションてロマンチックだよな」

胸の鼓動を誤魔化《ごまか》すように哉太は明るい口調で語りかける。

「そうですね」

窓の外に広がる煌《きら》びやかな横浜の夜景を眺めた風間は目を細めて頷いた。

そのあまりに美しい横顔を独り占めにしたくて、哉太は風間を押し倒したくなる欲求を必死に堪《こら》えなければならなかった。

そもそも、ものには順序というヤツがある。

正々堂々と風間を押し倒すためにも、今日こそ思いを告げるのだと哉太は決心した。

「…あの、俺、風間さんにクリスマスプレゼント買ってきたんだっ」

改まって風間に向き直った哉太は、ショルダーバッグの中からリボンの掛かった包み紙を取り出す。

「私に…？」

「大したモンじゃねーけど…」

驚いたような顔をする風間に哉太はオズオズとプレゼントを差し出した。

「開けてもいいですか？」

ふんわりと軽い包み紙を受け取った風間はニコッと笑って尋ねる。

「うん」

コクンと頷いた哉太の前で丁寧《ていねい》に包み紙を解くと、中にはシックなストライプのマフラーが入っていた。

「温かそうなマフラーですね」

高校生のお小遣いでも買える可愛らしいプレゼントに風間の頬が綻《ほころ》ぶ。

「お返しに私もなにか哉太くんにプレゼントをしたいのですが、生憎《あいにく》となにも用意してなくて…」

「ううんっ！」

申し訳なさそうな顔をする風間に哉太は勢いよくブンブンと首を振った。

哉太は決してお返しを期待してプレゼントを用意したわけではない。

夏も冬も黒ずくめのスーツで季節感のない風間だけれど、真冬でもコートを羽織《はお》らないなんて寒そうだし、せめてマフラーくらい巻いて温かくしてほしいと思っただけだ。

「てか、プレゼントなら風間さんが欲しいなぁ…なんて」

調子に乗った哉太は勢いに任せて願望を口にする。

「え？」

大胆な要求に一瞬意味がわからなかった風間は目をパチクリさせてしまう。

「だから、その、俺…風間さんが好きです！　つきあってください！」

哉太は顔を真っ赤にしながらも風間の目を真っ直ぐに見つめて単刀直入《たんとうちょくにゅう》に告げた。

生まれて初めての告白に、哉太の心臓は興奮と緊張で壊れてしまいそうなほど激しく脈打っている。

「ありがとうございます、とても嬉しいです」

不器用だけどストレートな告白に風間はフッと微笑んだ。

「じゃあっ…」

嬉しいという言葉に期待を膨《ふく》らませた哉太は答えを促すように風間を見上げた。

「ですが、私は人を愛する資格がない男なので…」

風間はキラキラと輝く哉太の大きな瞳から視線を逸らすと、申し訳なさそうに小さく首を横に振った。

「しかく？」

けれど哉太には誰かを愛し愛されることに資格がいるという発想がない。

とりあえず告白にNO《ノー》の返事をされていることはわかるが、他に好きな人がいるとか哉太は好みのタイプではないとか、明確な理由で振られるほうが諦めもつくというものだ。

「他に欲しいものはありませんか？　服でもゲームでも、なんでも買ってあげますよ」

納得いかないという顔をしている哉太に、風間はいつものようにニコッと穏和な笑みを浮かべて尋ねた。

その笑顔はこれ以上詮索されるのを避けるためのポーカーフェイスにも思える。

「だったら、俺を風間さんの犬にしてください！」

ここで引き下がってたまるかという気持ちになった哉太は、雄大のアドバイスを思い出して必死に懇願した。

「犬…ですか？」

意表を突かれた風間は困惑気味に眉をひそめて考え込む。

風間だって虎次と雄大の関係を目の当たりにしてるだけに、犬といっても哉太がペットのような扱いを望んでいるワケじゃないことはわかる。

「俺、風間さん以外に欲しいものなんてねーから、風間さんの犬になって風間さんにいっぱい気持ちよくなってもらいたいのっ」

多少支離滅裂《しりめつれつ》ではあるが哉太は精一杯の熱意を懸命に訴えた。

「どうかご奉仕させてください！」

「それが哉太くんへのプレゼントになるとは思えませんが…」

しまいにはガバッと土下座までして頼み込んでくる哉太に、風間は素朴な疑問を口にする。

「なるっ！　スッゲーなるよっ！」

むしろ哉太はどんな高価なプレゼントよりも風間に触れられるほうが嬉しい。

「でしたら、どうぞ」

風間は床に手をついている哉太の前に膝をついてしゃがみ込むと、優しく声をかけてやった。

「いいの!?」

意外なほどアッサリ許可をもらえた哉太は驚いたように確認する。

「ハイ」

「やったー！」

コクンと頷いた風間にテンションが上がった哉太は、タックルをするような勢いで風間の腰にしがみついた。

「そんなガッつかなくても逃げませんから」

スリスリと頬をすり寄せてくる哉太に風間は苦笑いを漏らす。

もしも哉太が本当に犬だったら、尻尾《しっぽ》をフリフリと揺らして喜びを表現してるに違いないという素直さだ。

「だって…」

スーツ越しに風間の体温を感じるだけで哉太は興奮して身体が熱くなってしまう。

「待て、ですよ」

風間は犬を躾けるように命じると哉太を腰から引きはがした。

「うー」

不満そうに唸《うな》り声を上げながらも、哉太は従順に手を離して床にチョコンと正座する。

「犬になりたいというのなら、手を使わずに前をはだけてみてください」

そんな哉太を尻目にソファに腰掛けた風間はニッコリと笑って促す。

「どーやって?」

思いがけない展開に哉太はドギマギしながら尋ねた。

「お口があるじゃありませんか」

「…わかった」

シレッと答える風間に試されているのだと感じた哉太は、覚悟を決めたようにソファに座る風間の足の間に膝立ちになった。

「んっ…」

そのまま風間の股間に顔を埋めて唇でスラックスのファスナーを探る。

小さな取っ手を探り当てた哉太は、前歯で挟むようにしてゆっくりとファスナーを下ろしていく。

「ふ…くっ…」

待ちきれない哉太はそのまま社会の窓から鼻面を突っ込もうとするが、下着の壁に阻まれて直接性器に触れることは叶《かな》わない。

「くすぐったいですよ」

下着の布越しに鼻面で性器を撫でられた風間はもどかしそうに身を捩った。

「だって、布一枚隔てた向こうに風間さんのチンチンがあるのに、オアズケされてるみたいなんだもんっ」

哉太は股ぐらのニオイを嗅《か》ぐようにクンクンと鼻を鳴らしながら訴える。

手を使ってもいいのなら、すぐにでも邪魔なズボンとパンツを下ろしてペニスにむしゃぶりつきたいのに、まさしく餌を目の前にオアズケをくらってる犬のような心境だ。

「横着《おうちゃく》しないでベルトとボタンも外せばいいのでは？」

なぜかファスナーの穴に拘っている哉太に風間は首を傾げて促した。

「そっか」

なにも手を使わなくても前をはだけられることに気づいた哉太は、さっそく前歯を使ってバックルを緩めるとベルトの穴から引き抜く。

さらに唾液《だえき》まみれになりながらもなんとかボタンを外すことに成功する。

前がはだけられたことで下着の布越しにも風間の性器の形が明らかになり、哉太はますます興奮してしまう。

「んしょ…」

哉太は震える唇でウエストのゴムを銜《くわ》えると一気にグイッと引き下げた。

「わっ！」

途端にボロンと零《こぼ》れるように露出した肉棒が哉太の顔に当たる。

「スゲー…」

中性的で美しい風間の股間に、雄々しくグロテスクな巨根が生えているというギャップが卑猥《ひわい》でたまらない。

温かくズッシリと重量のある風間のペニスはまだほとんど反応してないのに、哉太の未成熟な分身がマックス状態のときより立派だった。

ゴクンッと生唾《なまつば》を飲み込んだ哉太は両手で包み込むようにペニスを握る。

「コラ、手を使わずにって言ったでしょ？」

思わず約束を破った哉太を風間は叱るような口調で咎《とが》めた。

「う、うん…」

ビクッとなった哉太は慌てて風間の分身から手を離す。

「舐《な》めてもいい？」

「いいですよ」

頬を紅潮させて尋ねてくる哉太に風間はニッコリと笑って許可を与える。

「んぅ…」

哉太はソッと舌を伸ばして風間の性器の先端をチョンッとつついた。

そのまま先端の割れ目をチロチロ舐めると、ムクリと起き上がったペニスの先端から先走りの液が滲《にじ》んでくる。

「へへ、ちょっとショッパイ…」

舌にまとわりつくような濃い体液を哉太は嬉しそうに舐め取った。

「美味《おい》しいですか?」

あとからあとから溢れだす先走りを夢中になって舐めている哉太に、風間はクスッと笑いながら問いかけた。

「うんっ」

無邪気に頷いた哉太はチュッと音を立てて先端に吸いつく。

独特のクセがある青臭い液体も、風間が自分の舌に感じてくれた証《あかし》だと思うとたまらなく甘く感じる。

「ココ気持ちいい?」

さらに哉太はカリの括《くび》れの部分に舌を這《は》わせながら尋ねた。

「んっ…イイですよ…」

慣れない舌遣いで懸命に風間が感じる部分を探り当てようとする哉太に、敏感な部分を刺激された風間は上擦《うわず》ったような声で答える。

「そのまま裏筋に沿って舌を這わせて…」

「こぉ？」

哉太は言われるままに舌先で裏筋をツゥッとなぞるようにした。

「もっと舌全体を使って唾液を絡ませるように…」

風間の指示どおり哉太は大きく舌を出して、ピチャピチャと音を立てながら太い茎を舐め回す。

「んっ…ふぁ…」

口の周りが涎《よだれ》でベトベトになるのもかまわず哉太は舌を動かし続けた。

「ハァッ」

奉仕を続けるうちに股間の疼《うず》きがたまらなくなった哉太は、風間に触れることを禁じられて手持ち無沙汰《ぶさた》な指を自らの下半身に忍ばせる。

そのままジーンズの前をはだけて、窮屈なボクサーパンツの中からはち切れんばかりに膨らんでいる分身を掴《つか》み出すと、理性の箍《たが》が外《はず》れたように激しく扱《しご》きだした。

「ふ…くぅ…っ」

風間のいきり立ったペニスに舌を這わせながら自身のモノを擦ると、快感がシンクロしたみたいに身体が熱くなってしまう。

「ん？　なにをやってるんですか？」

呼吸を荒くする哉太に気づいた風間は眉をひそめて問いかけた。

「ふぇ…？」

哉太は先走りのヌルヌルを指で塗り広げるようにしながら快感に潤《うる》んだ瞳を向ける。

「手を使わない約束なんだから、自分のを弄《いじ》るのもダメですよ」

風間は当然のように言って哉太の手首を掴むと股間から退《ど》けてしまった。

「だって…」

中途半端に刺激したペニスがジンジン疼《うず》いている哉太は不満そうに唇を尖らせた。

「哉太くんは私の犬になるのでしょう？」

風間はジッと哉太の瞳を覗き込んで忠誠心を試すように問いかける。

「うぅ、風間さんのイジワル…」

「哉太くんが可愛いから意地悪したくなるんです」

発情期の犬のように腰をモジモジさせている哉太に風間はクスッと笑って囁いた。

「我慢できそうにないなら腕を縛っておきましょうか」

さらに風間は笑顔のまま哉太から貰《もら》ったマフラーを手にすると、両手を胸の前でクロスするように一纏《ひとまと》めにしてマフラーを巻き付けてしまう。

「へっ!?」

柔らかいマフラーで手首を拘束された哉太は驚いたように目をパチクリさせる。

「せっかくのプレゼント、暴れて伸ばしたりしないでくださいね」

「なっ、ウソォ…」

風間の忠告に哉太は唖然となった。

もちろん手錠や紐《ひも》で堅く拘束されるのと違って、伸縮性のあるマフラーから腕を抜くのは容易《たやす》いが、それをしないことが犬として忠誠の証になるのだ。

「さぁ、今度は先端を銜えてみてください」

動揺をありありと浮かべている哉太に風間は優しい声で指示を与える。

「わかったよ」

ハァッとため息を吐いた哉太は下半身の熱を持て余しながらも、再び風間の股間に顔を埋めた。

「んぐっ…ふぅ…」

大きく口を開けた哉太は先端の太い部分をスッポリと口内に含んだ。

「舌と上顎《うわあご》で扱くように…」

大きな塊を口の中でモゴモゴ動かしているだけで要領を得ない哉太に、風間は快楽を引き出すためのコツを教えてやった。

「んっ…うっ…」

男同士だし感じるポイントは心得ているが、はじめてのフェラチオは勝手がわからなくて上手く刺激できない。

幸か不幸か咄嗟《とっさ》に手で扱きたくなるのをマフラーの戒《いまし》めが抑止してくれている。

「もっと頬を窄《すぼ》めて吸いつくようにするんですよ」

「あぐっ…ふ…ッ」

なんとかアドバイスを活かして、頬がヘコむくらいにチュウッと吸いつきながら根本のほうまで銜えると、風間のペニスが口内でさらに一回り大きくなった。

「ハッ…んっ！」

調子に乗った哉太が口内でペニスを抽挿《ちゅうそう》するように動かすと、先端が喉の奥を突いて噎《む》せ返りそうになってしまう。

「ふぅ…」

「苦しそうですね」

ペニスを銜えたまま涙目になっている哉太の頬を風間はウットリと撫でた。

「ンッ」

哉太は無意識に縋るような視線を風間に向ける。

「もうヤメたいですか?」

「うーうーッ」

風間をイカセるまでやめるつもりなどない哉太は、慌てて誤解を解くようにブルブルと首を振った。

「でもこの調子だと、いつまでたってもイケそうにありませんよ?」

衝撃的な事実を告げられて哉太は大きな目をますます大きく見開いた。

けれどここで諦める哉太ではない。風間に犬として認めてもらうためにも、絶対に射精まで持っていくつもりだ。

「ふぐっ! んっ!」

哉太は闇雲《やみくも》に奥まで銜えるのをやめて、敏感なカリの部分に唇が引っかかるように頭を上下させる作戦に出た。

さらに強弱をつけて吸引しながら舌先で鈴口《すずぐち》をチロチロと刺激してやる。

「ハッ…ふぅっ!」

グンと容積を増したペニスをリズミカルに扱くと顎は痛いし舌も痺れてくるが、風間に気持ちよくなってもらいたい一心で舌を動かし続けた。

「くぅ…哉太くんっ…」

ほどなく射精感がこみ上げてきた風間は掠《かす》れたような声で哉太の名前を呼んだ。

「ンッ！　クゥッ！」

その艶《つや》っぽい声に興奮した哉太は、ますます張り切って唇で風間のペニスを扱きながらチュウッと先端を吸った。

「イキます…ッ！」

強い刺激にたまらず風間は限界を訴える。

「うぐぅッ!?」

風間のペニスが口内でビクンッと痙攣《けいれん》したかと思ったら、生温かくドロリと濃いザーメンが勢いよく発射された。

驚いた哉太は飲み込むこともできず舌の上に溜めていく。

「ふぅ…」

射精を終えた風間のペニスから口を離しても、哉太は口いっぱいに溜まった精液を飲み込むことも吐き出すこともできない。

「もしかして、口の中に精液溜めちゃったんですか?」

両手で口を押さえている哉太に風間は首を傾げながら尋ねた。

「うぅ」

哉太は情けなく眉を下げてコクンと頷く。

「吐き出してもいいですよ」

「んうっ！」

クスッと笑ってスーツのポケットの中からポケットティッシュを取り出す風間に、哉太は大きくブンブンと首を振った。

せっかく風間が感じてくれた証を吐き出すなんてできないけれど、独特の香りと粘りけがある液体が喉を通っていってくれない。

「では全部飲めたらご褒美《ほうび》にキスしてあげます」

悪戦苦闘する哉太に風間はとびきりの餌《えさ》をチラつかせてやる。

「っ!?」

願ってもないご褒美にテンションが上がった哉太は、ギュッと目を閉じて上を向くと喉を鳴らして一気にザーメンを飲み込んだ。

「の…んだっ」

哉太は懸命にアピールするように口を開けて風間に訴えた。

「良くできました」

単純な哉太の頭をクシャクシャッと撫でてから、風間はチュッと音を立ててキスを与えてやる。

「んっ…」

その柔らかい感触にウットリしてると風間は当然のように舌を侵入させてきた。

「ふ…はぁ…」

スルリと口内に侵入してきた風間の舌に歯列の裏を撫でられて、くすぐったいような快感に哉太は身を竦ませる。

もちろん哉太にとってはファーストキスで、風間のヌルリとした舌の柔らかさも甘い吐息も、ウットリするほど気持ちよくて感動ものだった。

「ン…風間さ…ん…」

風間を抱きしめたくなった哉太はいったん唇を離して訴えるように名前を呼んだ。

「もう腕解いてほしい…」

「そうでしたね」

風間はオズオズと差し出された哉太の手を取るとマフラーの結び目を解《ほど》いてやる。

「今度は俺のコレで風間さんを気持ちよくするからっ」

両手が自由になった途端に風間をソファにガバッと押し倒した哉太は、オアズケをくらったまま反《そ》りかえっている自身のペニスを風間の下半身に擦《こす》りつけた。

「はい、待て」

馬乗りになる哉太に慌てた様子もなく、風間は手のひらを哉太の鼻先にかざしてビシッと制止する。

「今度はなんスか〜」

まるで本物の犬を躾けるような仕草《しぐさ》に哉太は苛立《いらだ》ったような声を出す。

「もしかして哉太くん、コレを私のお尻に突っ込むつもりじゃないですよね？」

盛りのついた犬のようにペニスを押しつけられて、嫌な予感がした風間はヒョイッと片方の眉を吊り上げて確認した。

「つもりです！」

モチロン風間の中でイク気満々の哉太は鼻息荒く肯定する。

虎次の犬である雄大が、虎次の中に突っ込んで気持ちよくさせていることを知ってるだけに、哉太も当然風間の尻を犯して気持ちよくさせるつもりだった。

「生憎と私はソッチの趣味はありませんので」

風間はニッコリと笑って萎《な》えた分身をズボンの中に収めると哉太の野望を拒絶した。

「そんなぁ…」

今にも爆発しそうなイチモツが股間で脈打っている哉太は絶望的につぶやく。

「それとも力尽くで私を犯してみせますか？」

その素直すぎるリアクションが可愛くて、イタズラっぽく笑った風間は冗談めかして囁いた。

「…やってやる！」

風間の挑発を真に受けた哉太は、キラリと目を輝かせて風間の足を抱えようとする。

そのまま風間の下半身をひん剝いて足を大きく左右に開かせれば、いざ挿入に持ち込めるはずだ。

「甘いですよ」

風間は見事な反射神経で足首を掴もうとする哉太の手をヒラリと躱《かわ》して、体位を入れ替えるように哉太の身体をうつ伏せに押さえ込む。

「うわぁっ」

アッという間に後ろ手にホールドされてしまった哉太は悲鳴のような声を上げた。

悲しいことに体格差が災いして、いったん押さえ込まれてしまうと、哉太がいくら暴れて抵抗しても身動きできなくなってしまう。

「自分から犬にして欲しいと言っておきながら飼い主に逆らうなんて、哉太くんは悪い子ですね」

風間の下からなんとか逃れようと藻掻《もが》く哉太に風間は意地悪く囁いた。

「挑発したのは風間さんじゃんっ」

ギクッとなった哉太は慌てて責任転嫁《せきにんてんか》をする。

「犬には忠誠心というものがあってしかるべきだと思いますけど」

「ぐっ…」

肩を竦めてもっともなことを言う風間に哉太は反論の言葉を失った。

欲望に負けて飼い主を犯してやろうだなんて、従順で賢い犬とはとても言い難い失態だと思う。

「やっぱり哉太くんに犬は無理なんじゃないですか？」

風間はそう言ってアッサリ哉太の身体を解放してやる。

「ンなことねーよ！」

反射的に首を振って否定する哉太だが根拠や自信はないに等しい。

「でしたら、服を脱いでソコに正座してください」

意地と熱意だけで主張する哉太に風間は床を指して命じた。

「えっ？」

予想外の展開に哉太は驚いたように目をパチクリさせる。

「できないのなら…」

「やります！」

風間の言葉を遮った哉太は勢いよく服を脱ぎだした。

いったい風間がなにを考えているのかよくわからないが、服を脱ぐということはエッチな展開も充分期待できるし、このまま犬をクビになってしまうより何倍もマシだった。

「えっと、全部？」

パーカーを脱いで上半身裸になった哉太はジッと様子を見ている風間に尋ねる。

「全部です」

風間はニコニコと笑顔のまま当然のように頷く。

「下着もだよな…」

いったん視線を意識すると妙に気恥ずかしくなって、哉太はうつむき加減でジーンズとボクサーパンツを一緒くたに脱ぎ捨てた。

けれど哉太の分身はこんな状況でも萎えることなく天を向かって聳《そび》え立っている。

居たたまれなくなった哉太は顔を赤くしてイソイソと床に正座した。

「ココだけ別人格みたいに元気ですね」

恥ずかしそうに背を丸めてうつむいている哉太とは対照的に、パンパンに膨らんで上を向いているペニスを風間は指摘してやった。

「だって…」

長くオアズケ状態が続いてる上に風間の視線を意識しては、期待に火照《ほて》った身体をクールダウンさせるなんて無理な相談だ。

「私に見られて興奮してるんですか？」

「そっ…んなんじゃ……」

哉太は咄嗟に否定したが本当は風間の視線だけでトロけそうになっている。

「見ててあげますから、自分で処理してもいいですよ」

膝の上に置いた手をギュッと握りしめて疼きを我慢している哉太に、風間はニッコリと笑って許可を与えた。

「自分で…って？」

哉太の望みからあまりにもかけ離れた方向に戸惑いを隠せない。

「オナニーしてみせてください」

「なっ!?」

綺麗な風間の口から出たあからさまな単語に哉太はカァッと赤くなる。

「そのままで辛《つら》いのは哉太くんでしょ？」

風間はいかにも哉太のためを思ってるような口ぶりだが、本当は動揺して泣きそうになっている哉太の姿が可愛くて仕方なかった。

「でも…」

潤んだ瞳で風間を見上げた哉太は、笑顔のポーカーフェイスになにも言えなくなってしまう。

「どうしました？」

素直に従おうとしない哉太に風間はわざとらしく首を傾げた。

「ん…」

とうとう欲望に負けた哉太はソッと自らの分身を握って上下に扱きはじめる。

「ハァッ…ふっ…」

目の前に風間がいるのに自ら慰めなくてはいけないなんて、虚しいし情けないし惨《みじ》めすぎると思うのに、一度快感に火がついた身体は貪欲《どんよく》に刺激を求めていた。

「一生懸命になって、可愛いですね」

慣れた手つきでリズミカルに手淫《しゅいん》を続ける哉太に風間はウットリと囁く。

「あっ…風間さ…もぉっ…」

哉太はだらしなく口を開いて荒い呼吸を繰り返しながら限界を訴えた。

「まさか、もうイキそうなんですか？」

「イクッ！」

風間の問いに哉太はコクコクと頷いて、ラストスパートをかけるように激しく指を上下させる。

「待て」

風間は咄嗟に哉太の根本をギュッと圧迫するように掴んで、快感の奔流《ほんりゅう》を堰《せ》き止めてしまう。

「いっ⁉」

悶絶《もんぜつ》するほどの痛みが走った哉太はペニスから手を離してのたうち回った。

「まだ早すぎます」

正座を崩して床に這いつくばる哉太の足を抱えた風間は、M字に開脚するような恥ずかしい体勢に押さえつけた。

「やぁ…も…イキたいっ！」

卑猥なポーズを恥じらう余裕もない哉太は恥も外聞もなく懇願する。

「最初の躾が肝心ですから」

射精を求めて両手で亀頭を包み込むように擦る哉太を尻目に、シレッと宣言した風間は根本をキック縛《いまし》めて絶頂を阻止し続けた。

「ふぇっ…」

イキたいのにイケない苦しさに哉太は瞳からボロボロと大粒の涙を溢《あふ》れさせる。

「泣いてもダメです」

哉太の幼い泣き顔に胸を躍らせながらも風間は冷たく言い放った。

「ひぐっ…風…間さ…ッ」

こんな状況でもポーカーフェイスで誰よりも美しい風間に、哉太は嗚咽《おえつ》を漏らしながら縋るような目を向けた。

「イカせてくださいご主人様って言えたら、射精してもいいですよ」

風間は親指と人差し指で輪を作って哉太の根本を縛めたまま、小指で睾丸《こうがん》の縫い目をくすぐるように刺激しながら甘い声で囁く。

「イッ…イカセ…てください！　ご主人様ぁッ！」

ブルブルと身体を痙攣させた哉太は恥ずかしい台詞《せりふ》を躊躇うことなく叫んだ。

「どうぞ」

ようやく縛めを解いた風間は射精を促すように哉太の睾丸をフニフニと揉んでやる。

「あーッ！」

とっくに限界を超えていた哉太はビクンッと腰を浮かせて性を解き放った。

勢いよく放出された白濁した液体が哉太自身の胸や腹を濡らす。

「は…ぁ…」

射精を終えた哉太はだらしなく足を開いたまま荒い呼吸を整える。

「いっぱい出ましたね」

風間はからかうように言って哉太の腹に滴《したた》っているザーメンを指で掬《すく》うと、見せつけるようにペロリと舐めた。

「うう…ふぇ…」

言いようのない感情に襲われた哉太は子供のように泣きじゃくってしまう。

「泣いてる哉太くんも可愛いですよ」

慰めるように哉太の泣き濡れた頰を撫でた風間は、愛おしそうに目を細めてキスを与えてやった。

「んっ…」

柔らかい唇が重なる感触に哉太はウットリとなる。

「ふ…ハァ…もっとぉ…」

甘い吐息を漏らしながら子供っぽい口調でオネダリする哉太に、風間は舌をスルリと侵入させて呼吸さえ奪うように激しく絡めた。

「はぁ…ン…」

息が苦しくなるほど情熱的なキスに哉太は幸福感を覚えて風間にギュッと抱きつく。

「哉太くんを私の犬にする代わりに、ひとつ条件があります」

唇を離した風間は哉太の潤んだ瞳を覗き込んで告げた。

「ふぇ?」

キスの余韻に浸っていた哉太はポカンとマヌケ面で首を傾げる。

「オナニーは必ず私の見てる前でするように」

「はいっ?」

あまりにも突拍子《とっぴょうし》もない条件を提示されて、哉太は思いっきり目をパチパチさせてしまう。

「一人エッチは禁止です」

困惑する哉太に風間はニッコリと笑って言い放った。

「って、どういう…」

わざわざ言い直してもらわなくても意味は通じてるし、哉太が聞きたいのはなぜ風間がそんな条件を出したのかということだ。

「わかったら『ワン』と返事をしてください」

哉太の問いを遮った風間はニコニコと返事を促してくる。

「そん…な…」

さらなる衝撃に哉太は呆然とつぶやいた。

虎次だって雄大に犬の鳴き声を真似《まね》た返事をさせるようなことはないのに、哉太の主は優しい顔をしてとんでもなく悪趣味なのかもしれない。

「ん？」

「……ワン」

躊躇いつつも風間の笑顔に気圧《けお》された哉太は、恥ずかしそうに小さな声で返事をする。

「元気がないですね」

風間は不服そうに眉をひそめて首を横に振った。

「ワンッ！」

ヤケクソになった哉太はこれでどうだと言わんばかりに大きな声で吠えた。

「よくできました」

従順な哉太にフッと破顔《はがん》した風間は褒美を与えるようにキスを寄こす。

単純な哉太はそれだけで小躍りするほど嬉しくて、犬になって良かったと思ってしまうのだった。


哉太が風間の犬になってから約一週間が過ぎた。

従順な哉太は風間の言いつけどおり一人エッチを我慢し続けているが、自分からオナニーを見てほしいとお願いすることも、風間のほうから許可を出してくれることもなく、日に日に欲求不満が募っていくばかりだった。

冬休みの間は普段学校で授業を受けている時間も風間と一緒にいられるので、哉太は当然のように古葉家に入り浸りの生活をしている。

それだけに日課のオナニーで性欲を処理できないのはキツイ。

「も…限界だ…」

大晦日の夜、虎次の部屋で優に十人以上は座れる掘り炬燵《ごたつ》に入っていた哉太は、天板に顎を載せて目を据わらせながらポツリとつぶやいた。

いつもは夕飯のあとに行われる稽古に間に合うように帰宅する哉太だが、今日ばかりは特別に古葉家に泊まることが許されている。

「お前、目がギラギラしてるぞ」

雄大は名前どおりネコ科の動物のように、炬燵に丸まって眠っている虎次の頭を撫でてやりながら苦笑いで指摘した。

そんな雄大の頭の上には犬耳のカチューシャが乗っている。

雄大を犬扱いしている虎次は、家の中にいる間はずっと雄大に犬耳と尻尾を装着させていた。

トラッドな薄いベージュのニットソーを着ている今日は、ゴールデンレトリーバーがモチーフの垂れ耳をつけているが、グレーのスーツにはシベリアンハスキー、細身の黒いレザージャケットにはドーベルマンといった具合に、ファッションに合わせて耳も付け替えさせるほどの熱の入れようだった。

「一週間も禁欲させられてりゃギラギラするっての!」

「シッ！　子虎が起きるだろ…」

拳でドンッと天板を叩く哉太に雄大は人差し指を唇に当てて注意する。

「てか風間さんて意外とサドだな」

ボディーガードとは思えない風間の中性的で優しそうな風貌を思い浮かべた雄大は、憐《あわ》れな哉太に同情したような眼差しを向けた。

冗談半分とはいえ、哉太に風間の犬にしてもらうように助言したのは雄大なので、責任感というか罪悪感から冷たく突き放すこともできない。

「そこがまた綺麗な顔とギャップがあっていいいんだけどね」

ウットリと語る哉太に、雄大はむしろ風間がサドというより哉太がマゾなのかもしれないと思う。

「だいたいオナニーしたかどうかなんて他人にわかりっこないんだし、律儀に禁欲する必要ないだろ?」

変なところで生真面目《きまじめ》な哉太に雄大は要領よくやるように促した。

「無理無理、勘の鋭い風間さんにバレない自信ない」

哉太はフルフルと首を横に振って言い切る。

せっかく風間の犬にしてもらったのに、言いつけを破って捨てられたらと思うと下手なことは出来なかった。

「夢精しちゃったってコトにすればバレないって」

それこそコッソリ一人エッチしてる現場を見つかったとかならともかく、哉太くらいの年頃の少年に我慢を強いれば夢精するのは時間の問題だ。

「俺は奥菜先生と違って忠誠心厚いんですぅ」

悪知恵ばかり吹き込んでくる雄大に哉太は口を尖らせて主張する。

「夜這い仕掛けようってヤツがなに言ってんだ」

「人聞き悪いなぁ。俺はただ、正攻法じゃ敵《かな》わないから寝込みを襲おうとしてるだけなのに」

雄大のツッコミに哉太は肩を竦めて屁理屈《へりくつ》を返した。

住み込みのボディーガードとして働いている風間には、虎次の部屋の隣に私室が与えられている。

古葉家では初日の出の時間に合わせて一家揃って初詣に出かける習慣があるため、早朝の出発に備えて風間はすでに自室でグッスリと休んでいるはずだ。

つまり哉太にとって今日は風間の寝込みを襲う千載一遇《せんざいいちぐう》のチャンスだった。

「それを夜這いって言うんだよ」

ニヤリと口の端を上げて笑う哉太に雄大は呆れたようにため息を吐く。

「夜這いは禁止されてないからいいの。てかフェラチオはさしてくれたんだから、セックスだってちゃんと風間さんを気持ちよくさせられればオッケーなはず」

哉太の目的は欲望のままに風間を犯し汚すことではなく、極上の快楽を与えて哉太に惚れさせることなのだ。

「そもそも浅木が風間さんの尻を犯そうってのが烏滸《おこ》がましいっつーか…」

無理がありすぎる理屈に雄大は首を傾げずにはいられない。

「なんでだよ？　男なら当然の欲望だろ？」

「自分より十センチも背が高くて、十二歳も年上で、オマケに腕っ節も強い男を抱きたいとは思わないんじゃないか？」

意気込みだけは一丁前だが、見た目からして風間より小柄で幼く中身も単純で短絡的な哉太に、風間のバックバージンが奪えるとは思えなかった。

「誰よりも強くて綺麗な風間さんだからこそ屈服させたくなるんじゃん」

痛いところを突かれた哉太はムッとしたように言い返す。

「返り討《う》ちにあうのがオチだと思うけどな」

雄大はすでに結果はわかりきっていると言わんばかりに予想する。

「だからこうやって、若虎に秘密兵器貸してもらったんだろ」

不敵な笑みを浮かべた哉太は、部屋着のスウェットのお尻のポケットから手錠を取り出した。

いくら寝込みを襲っても、風間が目を覚ました途端に形勢逆転されてしまっては意味がないので、腕の自由を奪うくらいの卑怯《ひきょう》な手は使わせてもらうつもりだ。

「こんな道具で身体の自由を奪ってレイプしようだなんて、ロクでもないこと考えるんじゃない」

険しい顔をした雄大は哉太から手錠を取り上げようとする。

「でも奥菜先生だってはじめは若虎に無理矢理されたのに恋人になったっしょ?」

サッと素早く背中に手錠を隠した哉太は、手段よりも結果が重要なのではないかと問いかけた。

「うーん…」

ソコを指摘されると雄大も強くは制止できなくなってしまう。

実際雄大は薬で眠らされたあげく保健室のベッドに手足を拘束されて、半ばレイプまがいに襲われてしまったのだが、ロクな知識も経験もないクセに、なんとか雄大と一つに結ばれようとする虎次の健気さに絆《ほだ》されてしまったのだ。

もし虎次が強引な手段で肉体関係を結ぼうとしなければ、雄大は今でも教師としての立場を優先させていたかもしれない。

「あ、除夜の鐘はじまった」

黙りこくってしまった雄大に哉太が首を傾げていると、光照寺《こうしょうじ》から除夜の鐘が厳《おごそ》かに鳴り響いてきた。

「じゃあ俺は襲撃に向かうから」

鐘の音を合図にスクッと立ち上がった哉太は気合いを入れて宣言する。

「健闘を祈っててやるよ」

「ウンッ」

哉太は雄大のエールに元気よく頷いて虎次の部屋をあとにした。

鐘の音に紛れて足音を消すように風間の部屋の前までやってきた哉太は、緊張と空気の冷たさに震えながら部屋に突入するタイミングを計っていた。

「はぁ、ドキドキする…」

次の鐘が鳴ったらいよいよ襖《ふすま》を開けて部屋の中に侵入するつもりだ。

片膝を着いて姿勢を低くした哉太はジッとその時を待った。

「ヨシッ」

ゴォー…ンという音が鳴り響くのと同時に哉太はソッと襖を開けると、忍び足で中に入っていく。

十畳ほどの畳《たたみ》の部屋に敷かれた布団に仰向けに寝ている風間の姿を確認した哉太は、高鳴る胸の鼓動を押さえることが出来ない。

中庭から障子《しょうじ》越しに漏れる灯籠《とうろう》の明かりに照らされた風間の美しい寝顔に、哉太はゴクッと生唾を飲み込んだ。

目を閉じていると睫《まつげ》の長さがよくわかる。

「起きないよな…」

我慢できなくなった哉太はとっとと手錠をはめてしまおうと、布団の中に潜《もぐ》り込んで風間の手首をソッと掴んだ。

「ッテー！」

途端にバッと手を払い除けられたかと思ったら、体勢を入れ替えて馬乗りになった風間に肩固めの体勢に押さえ込まれてしまう。

思わず狸寝入りをしていたのではと疑いたくなるような早業《はやわざ》だった。

「うぐっ…ッ…」

しかもピッタリとしたボクサーパンツ一枚という、あられもない姿の風間に密着された哉太は、頸動脈《けいどうみゃく》を絞められて苦しいのにドギマギしてしまう。

「哉太くん？」

暗い部屋の中で目をこらした風間は悶絶《もんぜつ》している侵入者の正体に眉をひそめた。

「く…苦しいッ…」

意識が遠のきそうになってきた哉太は弱々しく訴える。

「手錠なんか使って、なにをするつもりだったんですか？」

すっかり目が冴《さ》えてしまった風間は哉太を解放してやると、部屋の電気をつけて、畳《たた》んであったカーディガンを羽織りながら問いただした。

「えっと、その…ご奉仕ってヤツ…？」

寝込みを襲ってバックバージンをいただくつもりだったなんて、本当のことなど言えるはずもない哉太は、ものは言い様とばかりに誤魔化し笑いを浮かべておく。

「ご奉仕？　レイプの間違いでは？」

白々しい哉太から手錠を取り上げた風間は冷たい視線を向ける。

「風間さんが気持ちよくなれば、レイプにはなんないもんっ」

焦った哉太は子供っぽい口調でとんでもない主張をした。

「そういうのを屁理屈って言うんです」

「ぐっ…」

眉間に皺《しわ》を寄せた風間に指摘された哉太は反論の言葉を失ってしまう。

「犬がご主人様に夜這いを仕掛けるなんて、嘆《なげ》かわしいですよ」

風間はションボリと肩を落とす哉太の前に正座すると呆れたように言い放った。

「風間さんが悪いんじゃゃんっ」

お説教じみた口調にムッとなった哉太は悔しそうに風間を睨《にら》みつける。

夜這いせずにはいられないほど哉太を追い込んだのは風間なのに、まるで哉太だけが悪いみたいな言い方は面白くない。

「おや、逆ギレですか？」

まるで反省した様子のない哉太に風間は驚いたような顔を見せた。

「だって俺、風間さんの言いつけどおりオナニーしないで我慢してるのに、このままじゃ夢精しちゃうだろっ！」

哉太は溜まりに溜まったムラムラをぶつけるように風間に詰め寄った。

「いいじゃないですか、出せばスッキリしますよ」

ニッコリと笑った風間は平然と冷たいことを言う。

「ヤダ！　風間さんの中で出したい！」

後先考えず風間に突進した哉太は、欲望の赴《おもむ》くままに風間を押し倒そうとする。

「まったく、哉太くんは全然反省する気がないんですね」

風間は大きくため息を吐いて哉太の身体を正面から受け止めると、そのまま腰を抱えるようにして正座した膝の上に横抱きにした。

「へっ!?」

嫌な予感のする体勢に哉太はサァッと青ざめる。

「悪い子にはお仕置きです」

「ちょ、待って風間さんっ！　お仕置きってまさか…」

以前虎次がレイプまがいに雄大を襲ったとき、雄大に薬を嗅がせて手足を拘束した実行犯として、虎次に荷担していたことが風間にバレた哉太は、お仕置きとして真っ赤に腫れ上がるまで尻を叩《たた》かれたことがあった。

翌日は椅子に座るのも辛いほどのダメージと、子供みたいなお仕置きで泣かされるという屈辱を思い出して、哉太はなんとか風間の膝の上から逃れようと藻掻いた。

「除夜の鐘はどうして一〇八回つくのか、ご存じですか？」

哉太の抵抗を軽々と封じ込めた風間は荘厳な鐘の音に耳を澄ませて問いかける。

「いきなりナニッ!?」

唐突な問いに哉太は半ばパニック気味に風間を振り返った。

「人間には一〇八もの煩悩《ぼんのう》があるそうです。大晦日の夜、鐘を一回つくたびに煩悩が一つずつ清められるとされています」

風間は除夜の鐘の謂《い》われを解説しながら、哉太の腰に手を回してスウェットの紐を解いてしまう。

「ギャー！」

そのままスウェットとパンツを一緒くたに膝のあたりまで下ろされて、丸出しの尻にヒンヤリと冷たい空気を感じた哉太は悲鳴のような声を上げる。

「一〇八も打てば哉太くんの煩悩も消えるかもしれませんね」

もっともらしく告げた風間は右手を大きく振りかぶって哉太の尻に叩きつけた。

「うわっ！」

パチンッと尻の表面で弾ける痛みに哉太は身を竦ませる。

「イタッ…あぅッ！」

さらに左右の膨らみを交互にパンパンッと張られて、痺れるような痛みが尻全体に広がっていく。

「こんなん一〇八とか無理だって！」

容赦ない平手打ちに哉太は泣きそうになって訴えた。

はじめて風間に尻を叩かれたときは、子供のように泣き喚《わめ》いてたまるかというプライドから、限界まで歯を食いしばって痛みを堪えた哉太だが、結局泣いてゴメンナサイをするまで許してもらえなかった。

意地を張っても無駄だということは嫌というほど学習済みだ。

「もっ！　反省したから許してっ！」

早々と降参した哉太は殊勝《しゅしょう》なフリをして懇願する。

「お仕置きですから痛いのは当たり前です」

風間は口先だけの反省を平然と無視して、厳しい口調で言いながら尻の真ん中の皮膚が薄い部分をパチーンと強く叩いた。

「ひっ！」

睾丸がビリビリと振動するほどの衝撃に哉太は背を仰《の》け反《ぞ》らせて悶絶する。

「てか俺のケツは除夜の鐘じゃなーいっ！」

たまらず哉太は後ろに手を回して尻を庇《かば》うようにしながら叫んだ。

「その割には哉太くんの煩悩が私の足に当たってるみたいですけど」

痛みから逃れるように抵抗しながらも、哉太は無意識のうちにペニスを風間の素足にゴリゴリと擦りつけていた。

「これはっ…」

禁欲生活が祟《たた》って敏感になっている分身を指摘された哉太はカァッと赤くなる。

「痛くされてるのに感じちゃうなんて、困ったワンちゃんですね」

「なっ⁉　そんなんじゃ…」

否定しようにも意地悪な風間の囁きに羞恥心を煽《あお》られて、哉太のペニスはますます存在感を増してしまう。

「私は哉太くんを喜ばせるためにお仕置きしてるんじゃありませんよ」

風間は呆れたように言いながらわざとらしく赤みが差してきた尻を撫で回す。

「チゲーもんっ！　風間さんの太股に擦れて反応しちゃってるだけだもんっ！」

ブンブンと首を振った哉太はあくまでお仕置きで感じてるのではないと主張した。

哉太自身にも痛くて恥ずかしいお仕置きでペニスが反応してしまう理由がわからない。

「じゃあ擦れないように挟んどいてあげます」

シレッと言った風間は堅くなった哉太のペニスを太股に挟んで固定する。

「ひぁっ！　余計ヤバイって！」

体毛の薄い風間の太股で圧迫するように包まれた哉太は、キュンッと甘い刺激にモジモジと腰を揺らした。

すっかり油断している哉太の尻を風間は再びパンパンッと打ち据える。

「イッ！　はぅっ…あっ！」

左右交互にリズム良く連続して叩かれると、痛みと快感が同時に襲って哉太はワケがわからなくなってしまう。

しかも質《たち》の悪いことに哉太が風間の膝の上で暴れれば暴れるほど、太股の間でペニスが激しく擦れて快感が増幅するのだ。

「腰をくねらせない」

「あぅッ！」

咎《とが》めるような口調と共にとびきり痛い平手が振ってきて、哉太は目から火花が飛び散りそうになった。

「も…やぁッ…」

快感を凌駕《りょうが》する痛みに哉太の瞳から涙がボロボロと溢れてくる。

「ゴメッ！　なさ…イツゥっ！」

哉太は少しでも痛みから逃れるために尻を振ろうとするが、ペニスを太股で挟まれているせいでロクな抵抗にならなかった。

「もぉ、しないからぁ〜」

「泣いても謝っても煩悩が払えるまでヤメてあげません」

必死で訴える哉太に冷たく言い放った風間は、尻と太股の境目あたりの肉が薄い部分を集中的に打ち据える。

「うぇっ…風間さんのサドォ！」

本当に一〇八回も叩かれるのかと絶望的な気分になった哉太は、悔し紛れに畳を拳《こぶし》でバンバンと叩きながら暴言を吐いた。

「私がサドなら哉太くんはドMですね」

風間はクスッと笑って囁くと、泣くほど嫌がってるとは思えないくらい元気に脈打っているペニスを、太股の間でウリウリと刺激してやった。

「チガッ！　はぅっ！」

否定しようにも強弱をつけて竿《さお》を転がされると哉太の下半身に熱が集まっていく。

「ひっ…もぉッ！　マジでっ！」

太股で痛いくらいにペニスを締めつけながら尻を打たれて、絶頂の波がこみ上げてきた哉太はイヤイヤをするように首を振る。

お仕置きの最中に射精してしまうなんて事態は絶対に避けたかった。

「イッちゃうってばぁッ！」

悲痛な声で叫ぶ哉太の尻を風間はなおもリズミカルに叩いた。

「ヤーッ！　あーっ！」

短い悲鳴を上げた哉太は、風間の膝の上でビクビクッと痙攣しながら性を解き放ってしまう。

「ひっく…うぅ…」

放出を終えた哉太はあまりの居たたまれなさに畳に顔を伏せて泣きじゃくっている。

「本当にイッちゃったんですか？」

生温かい液体で太股もベトベトにされた風間は驚いたように尋ねた。

「風間さんのせいだぁ…」

絶頂の波が去った途端に打たれ続けた尻がズキズキと痛みだして、情けなくて恥ずかしくて顔を上げることも出来ない哉太は、やり場のない感情を風間にぶつける。

「煩悩が吐き出せて良かったですね」

風間は慰めるようにヨシヨシと頭を撫でてから、真っ赤になった尻を丸出しにしたまま泣いている哉太を抱き起こしてやった。

「じゃあ、もう…お仕置きオシマイ…？」

頬を伝う涙を優しく親指で拭ってくれる風間に哉太は子供っぽく首を傾げた。

「まだ半分くらい残ってますけど、これからはイイコにできるって約束するならオシマイにしてあげます」

不安げな表情を見せる哉太が可愛くて、風間は愛おしそうに目を細めながら熱を持った哉太の尻をさすってやる。

「それとも、もっと痛くしてほしいですか？」

「もう充分です！　イイコにします！」

風間の問いに哉太は慌ててブンブンと首を振って宣言した。

「それなら朝まで一緒に寝てあげてもいいですよ」

満足そうにニッコリと笑った風間は、ティッシュを手にして哉太が放出した太股の液体を始末しながら提案する。

「えっ!?　いいの!?」

思いがけない誘いに懲りない哉太はスケベな妄想に目を輝かせた。

こんなことなら夜這いなどせずに、はじめから一緒に寝たいとお願いすれば良かったと思う。

「はい、眠るだけなら」

「なんだ、そういう意味か…」

本当にただ一緒に眠るだけだと気づいた哉太はガックリと肩を落とす。

「不満そうですね」

ションボリしている哉太を尻目に、風間は電気を消してから羽織っていたカーディガンを脱いで布団に入った。

「トンデモナイ！　ぜひご一緒させてください！」

ギクッとなった哉太は誤魔化し笑いを浮かべて懇願すると、下げられたままになっていたスウェットとパンツをそそくさと戻して、風間の布団の中に潜り込んだ。

「ただし、もしまた不埒《ふらち》な行動を起こしたりしたら、残り半分のお仕置きをしたあとで素っ裸に剥いて、この手錠を後ろ手にかけてから外に追い出しますよ」

哉太から取り上げた手錠を枕元に置いた風間は、至近距離に寝転んだ哉太の顔を覗き込んで忠告しておく。

「ウ、ウンッ」

風間なら本当にやりかねないと思った哉太は頬を引きつらせて頷いた。

「返事はウンじゃなくて…」

「ハイッ！」

言葉遣いを指摘されて哉太は慌てたように大きな声で返事をする。

「犬がハイとは言わないでしょう？」

お仕置きが効いたのか従順になったのはいいが、意図とは違う返事を寄こす哉太に風間は苦笑いを浮かべた。

「ワンワンッ」

自分の立場を思い出した哉太は頬を赤く染めながらも犬の鳴き真似で応える。

「では、おやすみなさい」

素直な哉太にニッコリと満足そうに微笑んだ風間は、当然のように哉太の身体を胸に抱きしめて目を閉じた。

「…おやすみなさい」

風間の胸に顔を埋めた哉太はカァッと全身が熱くなった。

一度射精したくらいで身体の熱が収まるはずもない哉太は、密着した風間の温もりや香りに興奮せずにはいられない。

なにしろ風間はパンツ一枚という挑発的な格好をしてるのだ。

「てか、マジ夢精しそう…」

拷問レベルのオアズケに、哉太は眠ることも出来ず一晩中悶々と過ごすのだった。

結局一睡も出来なかった哉太は、風間の運転で虎次や雄大と一緒に明治神宮へ初詣《はつもうで》にやってきた。

大鳥居をくぐって多くの参拝《さんぱい》客でごった返している参道を歩き、御社殿《ごしゃでん》で参拝を終えたあと、神楽殿《かぐらでん》に移動して新年の初祈願祭を執《と》り行うことになっている。

古葉家の主である辰巳を筆頭に妻と二人の息子それぞれにボディーガードを従え、公設私設合わせて十名ほどの秘書に事務所のスタッフ、屋敷の使用人を加えた一行は、一般の参拝客とは明らかに異なる物々しい雰囲気を醸し出していた。

畳の広間に正座して神主による清めの御祓《おはら》いを受け、祝詞《のりと》を奏上され、雅楽《ががく》と巫女《みこ》の舞いを見学していると、厳かな神事にも拘《かか》わらず眠気が襲ってきてしまう。

「ふぁ、眠ぃ…」

古葉家の人間として最前列に整列している虎次と、虎次の後ろにピッタリと控えている風間から少し離れた後列で、哉太は必死で欠伸を噛み殺していた。

「眠いなら家で寝てれば良かったのに…」

哉太の左隣に座っていた勝哉は、厳粛な空気にそぐわない息子の態度に眉をひそめる。

「神様にお願いしたいことあったからいいのっ」

ムキになった哉太は子供っぽい口調で言い返す。

「浅木、声が大きいぞ」

さらに右隣に座っていた雄大からも唇に人差し指を当てて注意されて、哉太は膨れっ面で黙り込んだ。

ジッと正座をさせられているとお仕置きの後遺症で尻がジンジンと疼く。

痛む尻を堪えてようやく三十分ほどの祈願祭を終えた哉太は、巫女さんから祈願の御札や清めの酒をもらってすぐに、あたりをキョロキョロと見渡して風間の姿を探した。

すると次に御祈願の予約を入れてあると思われる団体が神楽殿に入ってくる。

「竹山《たけやま》先生、あけましておめでとうございます」

先頭に立つ男に気づいた辰巳は深々と頭を下げて新年の挨拶をした。

古葉家の一行に負けず劣らずの団体を引き連れている竹山充《みつる》は、先の総理大臣で、自身の名前をとった竹山派という派閥の長《おさ》でもあった。

「あけましておめでとう。今年は大変な年になると思うが、よろしく頼んだよ」

派閥は違えど同じ与党で現役の大臣でもある辰巳に竹山も笑顔で挨拶を返す。

しかし、その目は決して笑っていない。口角を上げて表情を繕《つくろ》っているものの、狸《たぬき》ジジイという表現がぴったりな心ない笑顔だった。

辰巳は次期総理大臣候補などとマスコミにもてはやされているが、竹山とすれば自身の派閥から総理大臣を輩出《はいしゅつ》したいというのが本音だ。

「こちらこそ、本年もよろしくお願いします」

辰巳はそれでも女性支持者に抜群の人気を誇る爽やかな笑顔を見せる。

「竹山先生、千栄《ちえ》さん、お久しぶりです」

そこへ風間が竹山とその後ろに控えている二十代後半の女性に、伏し目がちにペコリと頭を下げて声をかけた。

「風間…」

風間と正面から対峙《たいじ》した竹山はあからさまに眉をひそめる。

「なに？　竹山前総理と風間さんって知り合いなの？」

端で見ててもわかるほど険悪な空気に、哉太は父の袖を引っ張って尋ねた。

「風間くんは竹山先生が総理大臣だった頃、首相付きのSPだったんだよ」

勝哉は小さな声で風間のSP時代の経歴を明かす。

「あの女の人は？」

いかにも才色兼備《さいしょくけんび》といった風貌の女性を千栄と名前で呼んでいた風間に、哉太はヤキモキせずにはいられない。

哉太が知る限り、風間はまったくと言っていいほど女っ気がなかった。

虎次のボディーガードとして古葉家に住み込んで、虎次が学校にいるとき以外は四六時中行動を共にしているだけに、少なくとも今は女を作ってる暇もないはずだ。

「竹山先生の娘さん。政策秘書でもあり、後継者とも言われる存在だ」

「へぇ…」

恰幅《かっぷく》のいい狸ジジイという印象の竹山とは対照的に、千栄は母親に似たのか小柄だが柔らかい笑顔が魅力的な美人だった。

悔しいけれど風間と並んでいる姿は美男美女で非常に絵になっている。

「元首相とそのＳＰにしては微妙な雰囲気ですね」

久しぶりの再会に談笑をするでもない二人に雄大も首を傾げた。

「まぁ、色々あったから…」

勝哉は詳しいことを語ろうとせず言葉を濁す。

「それって、風間さんがＳＰやめて若虎のボディーガードになったのと関係あんの？」

なにやら事情を知っていそうな父親に哉太はすかさず詰め寄った。

人を愛する資格がないと言って哉太の告白を断った風間に、なにかあるような気がしていたが、過去のことを多くは語ろうとしない風間に哉太はなにも聞けずにいる。

「うん、まぁ…」

息子の問いに勝哉が逡巡《しゅんじゅん》していると、雄大の姿を見つけた虎次が駆け寄ってきた。

「雄大！」

「なんだよ」

大声で名前を呼ばれた雄大は場の空気を読まない虎次にため息を漏らす。

「絵馬を書きに行くぞ」

あくまでマイペースな虎次は意気揚々《いきようよう》と雄大の腕を掴んで、販売所のほうへ引っ張っていこうとする。

「はいはい」

雄大は苦笑いを浮かべながらも虎次について行った。

「それでは、失礼いたします」

神楽殿から出て行こうとする虎次に気づいた風間は、竹山に一礼をしてから二人の後を追っていく。

「あっ、待ってよ」

風間の過去を知りたいのはやまやまだが、参拝客で溢れる社殿前で風間の姿を見失っては大変だと思った哉太は、慌てて神楽殿を後にした。


一人エッチを禁止されたまま悶々と冬休みを終えた哉太は、なかなか収まらない朝勃《あさだ》ちに苦労しながらも、いつもどおりランニングと朝稽古を済ませてから古葉家を訪れた。

「おはよう、風間さん！」

クリスマスに哉太がプレゼントしたマフラーを巻いている風間に、哉太はまさしく尻尾を振って喜びを表現する犬のように駆け寄っていく。

「おはようございます」

風間は朝っぱらからテンションが高い哉太にニッコリと笑って挨拶を返す。

「やっぱり哉太くんには制服が似合いますね」

黒目がちな大きな瞳で見上げてくる哉太の頭を風間はヨシヨシと撫でてやった。

「風間さんもマフラー超似合ってる」

照れ笑いを浮かべた哉太は精一杯格好つけて風間を誉める。

「そうそう。遅くなってしまいましたが、私からのクリスマスプレゼントです」

「えっ!?」

お返しなんてこれっぽっちも期待してなかった哉太は、スーツのポケットから手のひらサイズのギフトボックスを取り出す風間に、大きな目をますます大きく見開いた。

「飼い犬には首輪が必要だと、虎次坊ちゃまが仰ってたので」

風間はそう言って自らギフトボックスを開けると、黒い革製の保存ポーチの中に入ったシルバーアクセサリーブランドのドッグタグを取り出す。

「スゲー格好いい！」

首輪というよりオシャレなネックレスにしか見えないドッグタグに、哉太は感嘆の声を上げる。

「これ風間さんが選んだの？」

「はい、哉太くんが肌身離さずつけるものですから」

コクンと頷いた風間はボールチェーンを広げると哉太の首にかけてやった。

「メチャクチャ嬉しい！　ありがとう風間さん！」

感極まった哉太は堪えきれず風間をギュッと抱きしめた。

身長差があるため実際は抱きしめたというより抱きついたといった感じだが、愛《いと》しい人の温もりを感じて哉太の動悸が速くなってくる。

「あの、俺、そろそろ限界で……」

結局大晦日のお仕置き以来射精を許されていない哉太は、風間の胸に顔を埋めたままシドロモドロに切り出した。

「この一週間、一度もオナニーしないで我慢できましたか？」

耳まで赤くしている哉太に風間はクスッと笑いながら尋ねる。

「したよ！　だから今日は、俺のオナニー見てください！」

哉太はバッと顔を上げて訴えると恥ずかしさを堪えて懇願した。

「それでは、今日一日『ワン』だけで過ごすことができたら、気持ちよくイカせてあげます」

ストレートな要求にフッと目を細めた風間はイタズラっぽく提案してやった。

「ワン？　他の言葉は喋《しゃべ》っちゃダメってコト？」

悪趣味な交換条件に哉太は困惑気味に確認する。

「はい。幸い今日は始業式だけですし、難しくないと思いますが」

いくら始業式とはいえクラスメイトと顔を合わせるのに、どう考えても難易度が高そうではあるが、哉太には他に溜まりに溜まった性欲を解消する術《すべ》がない。

「が、頑張る…ワンッ！」

哉太はさっそく語尾に犬の鳴き声をつけて返事をした。

「イイコですね」

従順な哉太に風間は満足そうに頷く。

「おはようございます」

そこへ虎次と一緒に屋敷から出てきた雄大が声をかけてきた。

「おはようございます、虎次坊ちゃま、奥菜先生」

風間はいつものように恭しく頭を下げて挨拶する。

「あぁ、おはよう…」

雄大の躾の成果か、虎次は多少横柄な口調ながらも風間に挨拶を寄こす。

「っ！」

つられて挨拶しそうになった哉太は、慌てたように両手で口を押さえて声を抑えた。

「どうした？」

そんな哉太の様子に雄大は訝《いぶか》しげに尋ねてくるが、言葉で説明しようにも出来ない哉太は必死でブルブルと首を振った。

「あ、オイ…」

そのまま無言で車の助手席に乗り込む哉太に雄大は心配そうな顔をする。

「雄大！　どうして哉太のことを気にかけるのだ!?」

自分の犬である雄大が哉太をかまうことが気にくわない虎次は、独占欲を丸出しにして問いただした。

「教え子の様子がおかしければ気にすんだろ」

他意があるはずもない雄大は呆れたようにキッパリと言い放つ。

「ムッ」

「じゃあ風間さん、子虎のことよろしくお願いします」

雄大はなおも不満そうな表情を見せる虎次の頭をクシャクシャッと乱暴に撫でると、風間に声をかけてから一人駅に向かって歩いていった。

「かしこまりました」

そんな雄大をペコッと一礼して見送った風間は、後部座席のドアを開けて虎次に中に入るように促す。

「雄大のヤツ、教師など辞めてしまえばいいのに…」

後部座席にふんぞり返って座った虎次は苛立ったようにつぶやいた。

まだ二十六歳と教師の中では年も若く気さくな雄大は、兄貴分的なイメージで生徒からも慕われている。

本当は自分だけを見ていてほしいのに、学校での雄大はあくまで教師として生徒に平等に接しようとしていた。虎次にはそれが本当に面白くないのだ。

「そうすると虎次坊ちゃまが学校へ行っている間、一緒にいられないことになりますよ」

ワガママな虎次に風間は苦笑いで言ってやりながら車を出発させる。

「それは困る」

デメリットに気づいた虎次は眉間に皺を寄せて言い切った。

「だったら哉太が雄大の気を引くような真似をしなければよいのだ」

ならばと言いがかりをつけてくる虎次に、反論できない哉太は無言のままふて腐れたように口を尖らせた。

「そもそも哉太は風間の犬になったのに、犬同士で仲良くするなど言語道断《ごんごどうだん》だぞ」

さらに虎次はクドクドと文句を言ってくる。

「オイ、なんとか言ったらどうだ?」

なんの反応も示さない哉太に無視されているような気分になった虎次は、ムッとしたように返事を促した。

「…ワン」

他に答えようのない哉太は精一杯の返答をしてやった。

「は？」

ボソッとつぶやいた哉太に虎次は思わず目をパチクリさせる。

「ワンワンッ！」

いち早く哉太の異変に気づいた雄大とは対照的に、鈍感な虎次が恨めしくなった哉太は後部座席を振り返って吠えた。

「ど、どうしたのだ？」

まるで犬のような鳴き声を出す幼なじみにさすがの虎次もオロオロしてしまう。

「今日は一日、ワン以外の言葉を使わない約束なんです」

それまで黙って二人のやりとりを聞いていた風間は、ハンドルを握って前を向いたまま事情を説明してやった。

「風間がそう命じたのか？」

ようやく納得がいった虎次は興味深そうに尋ねる。

「えぇ」

「ふむ、なかなか面白い趣向だな」

ニッコリと笑って頷く風間に、胸の前で腕を組んだ虎次は感心したようにつぶやいた。

ワンしか言えない不自由さで犬は主《あるじ》に頼るしかなくなるだろうし、忠誠心を試すこともできるなんて一石二鳥だった。

「よし、哉太が学校にいる間言いつけを破らないか俺が見張っていてやろう」

ぜひ雄大にも試したくなった虎次は、ナイスアイデアを授けてくれた風間に自ら協力を申し出る。

「よろしいのですか？」

「犬を持つ主として協力するのは当然のことだ」

少し恐縮したように首を傾げる風間に虎次はニヤリと笑って偉そうに頷く。

「うー」

完全に面白がっているとしか思えない虎次に文句が言いたくても言えない哉太は、目を据わらせて不満そうな唸り声をあげた。


「おはよう、古葉、浅木」

いつものように仲良く教室に入ってきた虎次と哉太に、クラスメイトたちが声をかけてくる。

高慢で近寄りがたい雰囲気ながらも、元女優の母親にソックリな童顔でとにかく可愛らしい顔立ちをしている虎次と、お坊ちゃま学園には珍しい派手な金髪が目を引くが、人懐っこい性格で黒目がちな大きな瞳が愛玩動物のように可愛い哉太は、クラスのちょっとしたアイドル的な存在だった。

「おはよう」

いつもより機嫌がよさそうに挨拶を寄こす虎次とは対照的に、いつもニコニコ元気な哉太はペコッと会釈をしただけで席についてしまう。

「どうした浅木?」

そのまま机に突っ伏してしまった哉太に、クラスメイトで財閥《ざいばつ》の御曹司《おんぞうし》の岩田《いわた》が心配そうに問いかけた。

事情を答えられるハズもない哉太は顔を伏せたまま小さく首を横に振る。

「元気ないな」

「フッ、今日はそっとしといてやれ」

逆に心配したクラスメイトたちが集まってきてしまうのを見て、虎次はニヤニヤと笑いながらフォローを入れてやった。

「体調悪いとか？」

なにやら事情を知ってそうな虎次に医者の息子でもある金原《かねはら》が尋ねた。

「いや、そういう趣向なのだ」

「趣向？」

大手広告代理店の社長を父に持つ大槻《おおつき》は、意味不明な虎次の説明にキョトンと首を傾げる。

「ほら、席つけー」

そこへ雄大が転校生の友聖を連れて教室に入ってきた。

虎次が余計なことを言い出さないかハラハラしていた哉太は、クラスメイトたちが自分の席に戻っていく気配にホッとなった。

「起立、礼！」

クラス委員の号令に合わせて哉太もスッと立ち上がって頭を下げる。

「おはようございます」

「はい、おはよう」

良家の子息が多く礼儀正しい生徒たちに雄大も爽やかに朝の挨拶を返した。

「着席っ」

もちろん無言のまま席に着いた哉太に、黒板の前に立っている友聖はヒラヒラと手を振って寄こす。

二学期の終業式の日に会ったきりだった転校生のことをスッカリ忘れていた哉太は、愛想のいい友聖にクスッと笑った。

「今日はまず、出席の前に転校生を紹介する」

生徒たちの顔を見渡した雄大は凛とよく通る声で告げた。

「宮地、自己紹介して」

「はい。大阪から越してきた宮地友聖です、仲良くしたってください」

雄大に促された友聖はニッコリと笑って短く自己紹介をする。

関西特有のイントネーションで堂々と挨拶をした友聖に、クラスメイトたちは物珍しげな表情で歓迎の拍手をした。

「宮地の席は、一番後ろの空いてる…」

「って、哉太の後ろ?」

座席の位置を指示しようとした雄大の言葉を遮って友聖はハイテンションで尋ねる。

「あ、あぁ」

雄大は少々面食らったような顔で頷く。

クラスメイトたちも転校初日でなぜか哉太の名前を知っていて、馴れ馴れしくファーストネームを呼び捨てにする友聖にしきりに首を捻っていた。

「ラッキー！」

満面の笑みを浮かべて自分のほうへ近づいてくる友聖に哉太は嫌な予感を覚える。

「へへ、よろしくな」

友聖はすれ違いざまにヒョイッと顔を覗き込んで嬉しそうにニカッと笑った。

いきなり友聖の顔がドアップになって哉太は悲鳴を上げそうになるが、大きく背を仰け反らせてなんとか堪えた。

「えー、じゃあ出席取るぞ」

友聖が席に着いたことを確認した雄大は出席簿を開いて名前を読み上げていく。

「浅木哉太」

「…ワン」

出席番号一番の哉太は、いきなりのピンチに逡巡しつつも蚊の鳴くような小さな声で吠えた。

「ん？」

いつもは無駄に元気な哉太のか細い声に雄大は驚いたように顔を上げる。

雄大と目が合った哉太は、頬を赤く染めて早く次に行けとばかりに顎をしゃくった。

隣の席の虎次は肩を震わせて笑いを堪えているし、雄大も今日の哉太は朝から様子が変だと思ってはいたが、とりあえず出席は確認できているのでヨシとしておく。

「五十嵐純《いがらしじゅん》」

「ハイ」

そのまま出欠を続ける雄大に哉太は胸を撫で下ろした。

これでHRは乗り切れそうだし、始業式は列に並んで立ってるだけで済むことを考えると、なんとか風間の言いつけをクリアすることができそうだった。

屋敷に戻ったら風間が気持ちよくイカせてくれる約束だけど、哉太だって首輪をもらったお礼として風間にご奉仕したいと思っている。

首元のドッグタグを指で弄《もてあそ》びながら哉太はスケベ笑いを浮かべた。

「それじゃあ、あと二十分で始業式がはじまるから講堂へ移動するように」

哉太が妄想に浸っている間にクラス全員分の出欠を取り終えた雄大は、腕時計で時間を確認してから指示を出す。

哉太はいっそ式が始まるギリギリの時間まで、他人との接触を避けてトイレの個室にでも隠れてようかと思考をめぐらせる。

「哉太ぁ、会いたかったで」

そんな哉太の思惑など知るよしもない友聖は、教室を出て行こうとする哉太の前に立ち塞がるようにしてハグをしてきた。

「ッ!?」

長身の友聖に抱きつかれてギョッとなった哉太は、上がりそうになる声を必死で歯を食いしばって噛み殺す。

「なに？　転校生と浅木って知り合いなの？」

すると熱烈な抱擁《ほうよう》を見かねた岩田が二人の関係に探りを入れてきた。

「哉太は俺の初恋の人やねん」

友聖は哉太を抱きしめたまま照れくさそうに告げる。

「マジで⁉」

「男同士なのに？」

衝撃的な告白を聞きつけた大槻と金原も、口々に信じられないとばかりに問い詰めてきた。

顔を真っ赤にして藻掻いているものの、友聖の胸に抱かれたまま反論しない哉太に下世《げせ》話《わ》な好奇心が刺激される。

「哉太くらい可愛ければ男とか女とか関係あらへん」

困惑するクラスメイトたちに友聖は平然と言い放った。

「適当なこと言ってンじゃねーよ！」

さすがに我慢できなくなった哉太はプチンッと切れたように叫んだ。

「あ〜」

怒鳴り声を聞いた虎次は哉太を非難するように指さした。

「ダー、もうっ！」

風間との約束を破ってしまったことに気づいた哉太は、堪え性のない自分に腹を立てて地団駄を踏む。

「もしかして哉太、照れてんの？」

憤慨している哉太の顔を覗き込んだ友聖はニッコリと笑って尋ねた。

「誰が！　てか俺とお前は先月はじめて会ったばっかかじゃんっ！」

なにをどう解釈したらそんなオメデタイ解釈になるのか、苛立ちを覚えた哉太はそれまで我慢してたぶんまで吐き出すように捲《まく》し立てる。

「せやけど、俺は小学生の頃テレビで見た哉太に惚れとったし、嘘はついてへんよ」

「んな…」

たしかに友聖は天才空手少年としてテレビに出演していた哉太を知っていたが、初恋云々《うんぬん》なんて初耳だしからかっているとしか思えない。

「バカバカしい。若虎、講堂行こうぜ」

チッと舌打ちをした哉太は隣の席の虎次に声をかけた。

「あれ？　若虎？」

しかし、さっきまでソコにいたはずの虎次の姿が見あたらなくて、哉太は困惑したようにキョロキョロと辺りを見渡す。

「古葉ちんなら、奥菜先生追いかけて行っちゃったよ」

大槻は苦笑いで虎次の行動を教えてやった。

「ウソォ…」

薄情な虎次に哉太は呆然とつぶやいた。

お目付役としていつも行動を共にしているのに、哉太が風間の言いつけを守れなかったことを見届けた虎次は、さっさと雄大の元へ走ってしまったというワケだ。

「ほな、俺と一緒に行こか」

「あぅー」

当然のように誘ってくる友聖を無下に断ることもできない哉太は、二人で仲良く講堂に向かうことになった。

モチロン、風間の言いつけを破って「ワン」以外の言葉を喋ってしまったことを、見張りを申し出ていた虎次によってチクられてしまった哉太が、なにより辛いオアズケのお仕置きで泣かされたことは言うまでもない。

始業式の翌日、さっそく通常どおりの授業が行われていた。

明るく人当たりもいい友聖は、転入二日目にしてすっかりクラスメイトたちと打ち解けている。

特に四時間目に行われた体育のマラソンでは、新宿御苑《しんじゅくぎょえん》の外周を哉太にピッタリと併走《へいそう》して周囲を驚かせた。

なにしろ哉太は毎年のようにマラソン大会で優勝しているのだ。

少々軟派っぽいが長身に目鼻立ちがくっきり整った美形で、身体能力が高く、しかも難関と言われる慶成学園の編入試験に合格したとあれば、友聖はかなり有能な人物と言えるだろう。

「哉太ぁ、一緒に食堂行かへん？」

体育が終わって教室で虎次と談笑しながら制服に着替えている哉太に、友聖は人懐っこい笑顔で声をかけてきた。

初対面で親切に校内を案内してやったのが悪かったのか、友聖はクラスメイトたちに誤解されそうな勢いで哉太につきまとってくる。

「や、俺はいつも若虎と一緒だから…」

これ以上変な噂にならないようにと、哉太は虎次を盾に友聖の誘いを断ろうとした。

「かまわないぞ。俺は雄大と二人で昼食を取るから、お前たちも二人で行くがよい」

しかに虎次は好都合とばかりに哉太を友聖に押しつけようとする。

「若虎っ！」

友達甲斐《がい》のない虎次に非難するような声を出す哉太にはかまわず、着替えを済ませた虎次は一人職員室に向かってしまった。

「ええやん。二人で行こうや」

置いてけぼりをくって呆然としている哉太に友聖はクスッと笑って肩を組んだ。

「俺は若虎のお目付役なんだから、若虎を一人にするわけにはいかねーんだよ」

哉太は唇を尖らせてブツブツ言いながらも友聖と一緒に食堂に向かう。

「そんな過保護にせんでも、奥菜先生が一緒なら大丈夫やろ？」

「そりゃそうだけど…」

苦笑いで指摘されて哉太は言葉に詰まった。

たしかに高校生にもなって過保護かもしれないが、箱入り息子で一般常識がない虎次を一人にするのは危険だし、本音を言うとちゃんと虎次の面倒を見て風間に誉められたいという下心もある。

ウダウダ考えているうちに二人は食堂に到着した。

「ホンマにホテルのビュッフェみたいやな」

以前哉太に案内してもらったときも広いと思ったが、全校生徒が集まって賑《にぎ》やかな食堂は高級ホテルのレストランそのものだった。

「こんだけいっぱいメニューがあると悩むわぁ」

片っ端から美味しそうな料理を皿に盛りつけながら友聖は興奮気味に話す。

「って、取りすぎじゃね？」

友聖のプレートに目をやった哉太はギョッとしたように問いかける。

「育ち盛りやし、こんくらい余裕やって」

友聖は平然と言って空いてる席に腰掛けた。

「それ以上育ってどうすんだよ」

呆れたように突っ込みながら哉太も友聖の向かいに座る。

「哉太ももっといっぱい食べんと大きくなれへんで」

「ぐっ…」

痛いところを突かれた哉太はスプーンを握りしめて黙り込んだ。

哉太だって決して小食というわけではない。一般的な男子高校生並には食べるし、なるべく牛乳だって飲むようにしてる。

だがしかし、今日の昼食もオムライスとクラムチャウダーだし、好物はハンバーグにカレーライスと子供っぽいのも確かだった。

「それより、クラブ連れてってくれるって約束いつにする？」

勝手にコンプレックスを刺激されてイジケている哉太に、友聖は絶えず箸《はし》を口に運びながら問いかけた。

「あー、俺はいつでも…」

そういえばそんな約束もしていたなと思い出した哉太は適当な相槌を打っておく。

「じゃあ今日は？」

「いいけど、七時までには帰るぜ」

善は急げとばかりに提案してくる友聖に哉太はキッパリと言い放った。

「は？」

当然のように帰宅時間を告げられて友聖は目をパチクリさせた。

「別に門限とかじゃねーぞ。空手の稽古が七時からで、爺ちゃんとか他の門下生と組手できるのってその時間だけだから…」

また箱入り息子だなんだと誤解されてはたまらないと思った哉太は、焦ったように早く帰らなければならない理由を説明する。

「じゃなくて、七時じゃまだオープンもしてないんちゃう？」

友聖が知る限り、クラブは健全な子供が遊ぶような時間にはオープンしてないことがほとんどだし、東京と大阪でそう営業時間が違うとは思えない。

「そうなのか？」

クラブで遊んだことなどない哉太は逆に驚いたような顔をした。

「イベントにもよるやろうけど、だいたい九時とか十時くらいにオープンして、夜通し遊んで始発で帰るってカンジやろ」

「うへぇ…」

基本的に早寝早起きで、朝っぱらから稽古をしてしまうほど健全な生活をしている哉太には、夜通し遊ぶなんてまるっきり想像もつかない世界だ。

「まぁ、逆に稽古終わってから出かけりゃいいのか」

稽古をサボると厳しい祖父に叱られるけれど、稽古を終わらせてからコッソリ出かけるのであればバレないだろうし、逆に都合がいいかもしれないとも思う。

「ほんなら十時に渋谷でオッケー？」

「渋谷のドコ？」

さっそく場所と時間を指定してくる友聖に哉太は逆に尋ねた。

「ドコって言われてもハチ公前とかしか思い浮かばへん」

まだ上京して日が浅い友聖は渋い顔をして答える。

「だったらハチ公口のスクランブル交差点を渡ってすぐのトコにあるツタヤは？　たしかアソコ深夜までやってるし、寒さも凌げて時間もつぶせるだろ？」

首を傾げた哉太は初心者でも迷わなそうな待ち合わせスポットを提案した。

ぶっちゃけ虎次と一緒に車で移動することが多い哉太は、普通の高校生に比べたら渋谷なんて全然詳しくないほうだった。

「あの、でっかいビジョンがあるビル？」

テレビなどでもよく見るスクランブル交差点を思い浮かべて友聖は確認する。

「そうそう」

「そこなら余裕でわかるわ」

コクコクと頷いた哉太に友聖は得意気に親指を立てて見せた。

「じゃあ決まりな」

やっぱりどこか憎めない友聖にクスッと笑った哉太は、たまには羽目を外して夜遊びするのも社会勉強だと自分に言い聞かせておく。

「めっちゃ楽しみや」

話がまとまって嬉しそうな友聖は大口を開けて柔らかいヒレカツを口に放り込んだ。


友聖が転校してきてから早一カ月が過ぎた。

はじめは約束だから一度だけつきあうつもりでいた夜遊びも、行けばそれなりに楽しくて、気づけば哉太も週末を中心に週三ペースでクラブに通っている。

平日出かける予定の日は、放課後になると稽古の時間まで仮眠をとって、組手で一汗流してから夜の街へ繰り出して、朝帰りしてそのまま学校に行くという感じだ。

筋金入りのお坊ちゃまで、クラブどころかカラオケもファミレスも行かない虎次とばかり連んでいた哉太には、友聖との気兼ねない友達づきあいは刺激的で楽しかった。

風間と一緒にいる時間が減るのは困ると思いつつも、風間は相変わらず虎次優先でツレないし、エッチどころか一人エッチだってマトモにさせてくれない。

そんな哉太の欲求不満を解消するのにもクラブでのバカ騒ぎはもってこいだった。

始発の時間まで友聖と騒いで、いったん家に帰ってからシャワーを浴びて日課の走り込みをこなした哉太は、風間が運転する車の助手席で眠い目をしきりに擦っていた。

「ふぁ…」

「寝不足ですか？」

思わず欠伸を漏らした哉太に、風間はハンドルを握ったまま他人にはわからないくらい僅《わず》かに眉をひそめて問いかける。

「うん」

哉太はシートに深く腰掛けてウトウトしながら頷いた。

「クラブというのはそんなに楽しいところなのか？」

寝不足になるほど遊び回っている哉太に、後部座席から身を乗り出した虎次は好奇心丸出しで尋ねる。

「…別に、ウルサイし空気悪いし大して面白くもないぜ」

虎次に興味を持たれたら面倒なことになりそうだと思った哉太は、思いつく限りのデメリットをあげておく。

「楽しくもないところに足繁《あししげ》く通うはずがないだろう？」

適当にはぐらかされていることを見抜いた虎次はムッとしたように指摘した。

「ストレス発散にはなるけどさ…」

変なところにだけ鋭い虎次に哉太は苦笑いで肩を竦める。

「よし、今度は俺も連れて行くのだ」

「えー？」

案の定行ってみたがる虎次に哉太は難色を示す。

けれども虎次だって普通の高校生と同じように遊びたいだろうし、哉太が風間と行動を共にできるのは虎次のおかげでもあるし、友聖と相談して一度くらいなら連れてってやってもいいかとも思う。

「ダメですよ」

哉太がそれを提案するより先に風間があっさりと却下した。

「あんな治安の悪いところに虎次坊ちゃまをお連れするわけにはいきません」

「風間に指図される覚えはないぞ」

虎次の安全を第一に考える風間に虎次は食ってかかる。

哉太や友聖が普通に遊んでいるのに自分だけダメというのは納得がいかない。

「どうしてもというのなら、奥菜先生に許可をもらってからにしてください」

使用人の分際《ぶんざい》をわきまえている風間は、虎次の犬兼恋人で担任教師でもある雄大の名前を出した。

雄大は虎次がお坊ちゃまだからというより、教師として高校生の夜遊びを許可するわけにはいかないだろう。もちろんそれは哉太や友聖だって同じだ。

「なんで俺が犬の許可を得ねばならないのだっ」

まるで切り札のように雄大の名前を出されて虎次は憤慨する。

「お父上にとっても今は非常に大事な時期ですから」

「むっ？」

さらに思わせぶりに父親のことを持ち出す風間に虎次はピクッと反応した。

「週明けにも小倉《おぐら》総理が辞意を表明するとの情報が入ってます」

スッと声のトーンを落とした風間は、まだ一部の党役員しか知らないはずの極秘情報を静かに告げる。

「いよいよ父上が次期総裁選に出馬するということか」

クラブどころではなくなった虎次は興奮気味につぶやいた。

「おそらく」

支持率の低迷に喘《あえ》ぐ現総理大臣の小倉は、もはやいつ辞任してもおかしくないと噂されている。

与党内でも小倉総理では選挙を戦えないという声が多く、このまま任期満了による解散総選挙に突入すれば与野党が逆転しかねない情勢だった。

そこで選挙の顔として白羽《しらは》の矢を立てられているのが、虎次の父でもあり抜群の国民人気を誇るイケメン大臣古葉辰巳だ。

ただし、反対勢力がないわけではない。自身の派閥から総理大臣を輩出したいと考えている古狸たちは、まだ年若く女性人気が高い辰巳を快く思っていないのも事実だった。

「ですから哉太くんも、きちんと責任の取れる行動を心掛けるようにしてください」

風間はチラッと哉太に視線を送って自覚を促した。

「だったら夜遊びするなって命令すればいいじゃん」

虎次にははっきりダメだと言ったのに、自分のほうが大事にされてないような気がした哉太は、嫉妬心を剥き出しにして詰め寄ってしまう。

「私は哉太くんの保護者ではありませんから」

それでも風間は表情一つ変えずに告げる。

「それって、風間さんは犬なんかより若虎と辰巳先生のほうが大事ってこと？」

「そうは言ってませんが…」

ワナワナと震えながら尋ねてくる哉太に風間は小さくため息を吐いた。

「しばらく哉太くんにかまってる暇はなくなると思うので、一人エッチも解禁しておきます」

さらに思いがけないことを言われて哉太は目を大きく見開く。

風間の犬になってからずっと禁止されていただけに、哉太にとってオナニーできない不自由さこそが風間に所有されている証だった。

「…わかったよ！」

悔しいような悲しいような寂しいような感情に襲われた哉太は、こみ上げてくる涙を必死で堪えながらヤケクソ気味に叫んだ。


風間に突き放されてすっかり意気消沈した哉太は、鬱々《うつうつ》とした気分を晴らそうと友聖を誘って渋谷のクラブに繰り出した。

なんとなく風間に反抗してるつもりになっているが、風間はいつもどおり虎次の側に仕えているだけで、哉太がドコでナニをしていようと気にもとめてないだろう。

そう考えると虚《むな》しいし、気分が晴れるどころかますます落ち込んでくる。

「なんや、元気ないなぁ」

喧噪《けんそう》から離れるようにフロアの片隅にあるソファに座っている哉太に、両手にドリンクを持った友聖が苦笑いで声をかけた。

「別に…」

唇を尖らせた哉太はイジケたように首元のドッグタグを指で弄っている。

「だって哉太のほうから誘ってくれるなんて珍しいやん?」

友聖は哉太の隣に腰掛けてらしくない行動を指摘してやった。

これまでずっと友聖が強引に哉太を誘っていたのに、哉太のほうから誘ってもらえて嬉しかったが、どうも楽しんでる様子もないし心配にもなる。

「なんとなく今日はムシャクシャしてたから…」

「じゃあコレ、俺からの奢《おご》りな」

ゴニョゴニョと言い訳をする哉太に、友聖はニッコリと笑って左手に持っていたグラスを差し出す。

「サンキュー」

友聖の気遣いにチョッピリ温かい気分になった哉太は、カットされたオレンジの実がグラスの縁に飾ってあるドリンクを受け取った。

「って、オレンジジュースじゃないっ!?」

ゴクッと一口飲んだ途端に感じた違和感に哉太は素《す》っ頓狂《とんきょう》な声を上げる。

わずかに苦みがあるような喉が焼けるような感覚は、アルコールを含んでいることが窺《うかが》われた。

「スクリュードライバーな。オレンジジュースにウォッカ混ぜただけのカクテルや」

大袈裟に驚く哉太に友聖はクスッと笑いながら説明してやる。

「未成年がお酒飲んだらマズイだろっ!」

「落ち込んでるときくらい、アルコールでパァッと気分を明るくしたってええやん」

哉太がいつもジュースしか飲まないのは知っていたが、友聖なりのお節介《せっかい》というか気を利かせたつもりだった。

「…それもそうだよな」

友聖の言うこともっともだと思った哉太は、たまには思いっきり羽目を外してやれという気分になってしまう。

「友聖のもお酒?」

開き直った哉太は小振りな瓶をラッパ飲みしている友聖に尋ねた。

黄金色の炭酸水にライムが沈んでいるドリンクは、見た目も美味しそうだし友聖がやけに大人っぽく見える。

「コロナビールやけど、飲んでみる？」

「うんっ」

差し出された瓶を受け取った哉太は嬉しそうにグビッと飲んだ。

飲み口が軽く苦みが少ないコロナビールは、アルコール初心者やビールが苦手な人からも人気のビールだった。

「飲みやすいやろ」

「うーん…」

哉太は首を傾げて瓶を友聖に返すと、口直しとばかりにスクリュードライバーを飲み直す。

ジンジャーエールのような味を想像していた哉太には少々期待はずれだったようだ。

「若虎とは酒飲むような店行かへんの？」

子供っぽい反応をする哉太に友聖はふと疑問をぶつける。

「ないない。今日だってクラブ連れてけって言いだして、ボディーガードに止められてたもん」

筋金入りのお坊ちゃまで蝶《ちょう》よ花よと育てられている虎次は、一見《いちげん》さんお断りの料亭で芸者遊びをしたことがあっても、イマドキの高校生が出入りするようなクラブや飲食店には一生縁がないだろう。

「お目付役にボディーガードに、お坊ちゃまは大変やな」

哉太の話を聞いた友聖はむしろ虎次に同情したように肩を竦めた。

「友聖こそ、高校生のクセに飲み慣れてる感じじゃん」

ビールを傾ける仕草が決まりすぎてるほど自然な友聖に哉太は苦笑いで突っ込んだ。

「俺のオカン、北新地《きたしんち》にある高級クラブのママやってん」

すると友聖は片目を閉じて自らの素性を打ち明けた。

「北新地?」

「東京でいう銀座みたいな街や」

聞き慣れない地名にキョトンと首を傾げる哉太に、友聖はわかりやすい比較対象を出して説明する。

「そんでお酒も詳しいのか」

テレビでしか見たことがない派手めな水商売の女性を思い浮かべた哉太は、友聖のホストっぽいルックスに妙に納得いったように頷く。

母親も友聖に似てるとしたらさぞかし美人のママさんに違いない。

「いや、オカンの店ではこないな酒は出さへんよ」

友聖はむしろ若者向けのバーで扱っているようなお酒を多少知ってるくらいで、母親の店で飲まれているような高級酒に対する知識はまったくなかった。

「てか母親の店は大阪にあるのに、なんで引っ越してきたんだ？」

ふと疑問に思った哉太はストレートに疑問をぶつける。

「店はもうないねん」

「え？　あ、ゴメン…」

肩を竦めて答える友聖に、無神経なことを聞いてしまったと焦った哉太は素直にペコッと頭を下げて謝った。

「全然気にせんでええよ。実はココだけの話、俺のオカン関西じゃ名の知れた暴力団の組長の愛人やねん」

クスッと笑った友聖は声を潜めると哉太の耳元でイタズラっぽく囁いた。

「暴力団!?　組長!?」

衝撃の告白に哉太はギョッと目を見開いてしまう。

「まぁ俺の親父やねんけど、店もその組長がスポンサーでな」

真偽を探るようにマジマジと見つめてくる哉太に自嘲気味な笑みを浮かべた友聖は、転校するに至った経緯を語りはじめる。

「親父は自称インテリヤクザで不動産とか飲食業なんかの事業で儲《もう》けとったんやけど、脱税で逮捕されてオカンの店も差し押さえられて…」

当時の状況を思い浮かべた友聖は眉間《みけん》に深い皺を寄せた。

「大変だったんだな…」

「ほんま大変やってん！」

想像もできない世界の話に呆然とつぶやいた哉太に、急にテンションを上げた友聖は欧米人のように両手を広げて訴える。

インテリを気取りながらバリバリの武闘派だった父親と平和主義の友聖は、当然ソリが合わず父子関係も冷え切っていたが、実の父親が逮捕されたと聞いたときはさすがにショックだった。

「関西ではそれなりに大きく報道されてな、家にマスコミが押しかけてくるわ、近所に白い目で見られるわ、おかげで俺の素性《すじょう》も学校に知れ渡って、友達と思っとったヤツも手のひら返したみたいによそよそしくなるし…」

友聖は裏の世界で生きる父親とは距離を置いて、自分はきちんと進学しまっとうな世界で生きるつもりだったのに、父親が逮捕されたことで自分がヤクザの息子なのだと痛いほど実感させられた。

「なんでだよ!?　別に友聖が悪いコトしたんじゃないだろ!?」

心ない世間の対応に哉太は憤慨したように叫ぶ。

「哉太は優しいなぁ」

まるで自分のことのように怒ってくれる哉太の広いおデコを、友聖はイイコイイコするように撫でてやった。

「撫でんなって！」

子供扱いされてるような気分になった哉太はムッとしたように友聖の手を振り払う。

「そんでまぁ、地元におれんようになった俺は、東京で弁護士やってるっちゅーオカンの弟を頼って単身上京してきたワケや」

哉太にはたかれた手をブラブラさせながら友聖は話を締めくくった。

「一人で…？」

「ん、あんな親父でもオカンは離れられへんねん」

できれば友聖も母と二人カタギとして暮らしたいが、肝心《かんじん》の母は決して父から離れようとしない。

「これを機に慰謝料ふんだくって離婚するゆう本妻と抗争中や、リアル極妻《ごくつま》やで？」

北新地でも評判の美人ママでありながら、中身は極道の女らしく強く逞しい母を思い浮かべて友聖は苦笑いを漏らす。

「な、なんかスゲーな」

ヤクザの本妻VS愛人なんて想像するだけで恐ろしい女の戦いだ。

「でも政治家だってヤクザと大差ないやろ」

「あー」

友聖の指摘に哉太は鈍い相槌を打った。

汚職《おしょく》、贈収賄《ぞうしゅうわい》、表に出なくても不正を働いている輩《やから》は少なくないと噂されるが、国会議員の秘書をしている父からその実態を聞いたこともないし、哉太は少なくとも古葉辰巳はクリーンな政治家だと信じている。

とはいえ虎次も辰巳も法に触れない範囲では強引で非常識だし、自分の思い通りにならないことはないという特権意識は持ってる気がした。

「せやけど俺は親父と違って平和主義やから、安心してええよ」

カクテルに口をつけながら考え込んでいる哉太に友聖は笑顔でウインクを寄こす。

「夜遊びばっかしてる不良のクセに」

クスッと笑った哉太はとても優等生とは言い難い友聖の生活態度を指摘する。

「家に一人でおってもツマランやろ？」

友聖は唇を尖らせて夜遊びをしたくなる理由を告げた。

大阪に住んでいた頃から母が夜の仕事をしてたので、一人で家にいるのが嫌だった友聖は夜遊びをするようになったのだ。

「弁護士の叔父さんと暮らしてんじゃねーの？」

「叔父さんも忙しい人やから」

いわゆる売れっ子弁護士の叔父は、いくつもの企業や政治家と顧問弁護士の契約を結んでおり、寝る間を惜しんで仕事をしているようだった。

「そうそう、竹山前総理の顧問弁護士も務めとるみたいやで」

ふと叔父が顧問弁護士を務めている与党幹部を思い出した友聖は得意気に名前を出す。

「竹山ってあの…」

初詣に行ったとき、なにやら風間と曰《いわ》くありげだった狸ジジイの姿を思い浮かべて哉太は神妙な顔をする。

「知り合いなん？」

「いや、竹山総理のＳＰだった人を知ってるだけ…」

あのときは父に言葉を濁されてしまったが、風間と竹山の間になにがあったのか、どうして風間はＳＰを辞めたのか、それがわかれば人を愛する資格がないという風間の言葉の真意もわかるかもしれない。

「どしたん？」

難しい顔をして考え込んでいる哉太に友聖は不思議そうに尋ねた。

「ううん、これオカワリ」

フルフルッと首を振った哉太は空になったグラスを友聖に差し出す。

「へっ？　ピッチ早ない？」

当然のように要求された友聖は目をパチクリさせてしまう。

「こんなジュースみたいなお酒で酔わねーよ」

「口当たりはいいけど、案外アルコール度数高いねんで〜」

ヘラヘラと笑って主張する哉太に友聖は眉をひそめて忠告してやった。

得意気な口調とは裏腹に哉太の頬はほんのりピンク色に染まってきてるし、熱を帯びて潤んだ大きな瞳の焦点が合わなくなってきている。

「いいから、早くぅ」

渋る友聖に哉太は駄々《だだ》っ子のように促した。

「ハイハイ」

小さくため息を吐《つ》いた友聖は席を立ってバーカウンターのほうに向かう。

「ふぅ、熱いな…」

一人残された哉太はアルコールで火照った身体を冷ますように、パーカーの裾《すそ》をパタパタさせて衣服の内側に空気を送り込んだ。

「ねぇキミ、一人で来てるの？」

そこへヒョロッと背の高い美容師ふうの男が話しかけてきた。

「ふぇ？」

初対面の男に哉太はキョトンと首を傾げる。

「金髪似合っててカッコイイね。すごく目立ってる」

「そ、そうかな」

コダワリの髪型を誉められて悪い気がしない哉太は照れくさそうな笑みを浮かべた。

「自分で染めてんの？　それとも美容院？」

男はさらに馴れ馴れしく哉太のツンツンに立てた前髪を弄りながら聞いてくる。

「自分でやってる」

カラーリングどころかカットも自分で鏡を見ながら、器用にチョイチョイと整えてしまう哉太は、髪を触られても嫌な顔ひとつしないで教えてやった。

「スゲー器用じゃん」

男は大袈裟に驚いたような顔で哉太を誉めた。

「それほどでも…」

「ちょっ、人のツレにアプローチすんのやめてくれへん」

そこへ哉太のドリンクを手に戻ってきた友聖は、見知らぬ男に至近距離で迫られている哉太にギョッとなる。

「友聖おかえりー」

やけに嬉しそうに手を振っている哉太は完璧に酔いが回ってきている様子だ。

「なんだよ、彼氏いんのか」

哉太をガードするように間に割って入ってきた友聖に、男はチッと舌打ちをしてその場から立ち去った。

「シッシッ」

「…ん？　彼氏？」

友聖に追い払われた男の後ろ姿を見送った哉太は、ようやく聞き捨てならない台詞に反応して眉をひそめる。

いくらなんでも自分が女の子に見えるわけないし…とフロアを見渡して、はじめていつものイベントとは雰囲気が違うことに気づいてしまう。

「てかこの店、男しかいなくねぇ？」

よく見ると派手なステージを繰り広げているドラッグクイーンたちも、周りで盛り上がっている観客たちも、バースペースで歓談を楽しんでいる者たちも、見渡す限り男だらけの空間だった。

「気づくの遅いわ。今日はメンズオンリーのイベントやって」

自分から誘っておきながら風間のことで頭がいっぱいで、イベントの内容すら把握してない哉太に友聖は苦笑いで教えてやる。

「マジで!?」

新宿ならともかく渋谷で、普通にその手のイベントが行われていることに哉太は衝撃を受けた。

哉太は風間のことが好きだし、身近に雄大と虎次という男同士のカップルも存在しているが、それはごく狭い範囲の話でゲイ文化に触れたことなどないに等しい。

「じゃあココにいるのってみんな…」

「ゲイオンリーじゃないし、ノンケもおるやろ」

友聖はもの珍しげにキョロキョロしている哉太にシレッと言った。

「そうだよなっ」

哉太は少しホッとしたようにコクコクと頷く。

「まぁ、男だらけってわかってて遊びに来るノンケなんてごく僅かやろうけど」

動揺する哉太に友聖は肩を竦めてイタズラっぽく囁いた。

「やっぱり?」

自分も男が好きな人種だと見破られたみたいでギクッとなった哉太は、オカワリのスクリュードライバーを一気にゴクゴクと飲み干してしまう。

「だからピッチ早いって!」

ペースなどまるで考えてない豪快な飲みっぷりに友聖はギョッとなる。

「友聖も…その、男が好きなのか…?」

哉太は空になったグラスに視線を落として聞きにくそうに尋ねた。

「男も好きっちゅーか、女の子も好きやけど…」

「どっちも!?　両刀遣いっ!?」

想像してなかった友聖の答えに哉太は素っ頓狂な声を上げる。

「そんな節操ナシみたいに言わんと、人を好きになるのに性別なんか関係ないと思ってるだけや」

実際は男も女も食いまくりで間違いないが、友聖にだってちゃんと好みはあるしなんでもオッケーだとは思われたくない。

「あー、うん。俺も…」

友聖と違って風間以外の誰かを恋愛対象として好きになったことがない哉太は、ものすごく納得したように同意した。

哉太は男だから風間を好きになったのではなく、たまたま好きになった人が男だっただけなのだ。

「やっぱりなぁ」

正直に自分の性癖を認めた哉太に友聖はクスッと笑った。

「もしかしてバレバレ?」

風間と一緒にいるところを見られたことがなくても、男が好きそうな雰囲気なのだろうかと哉太は少々不安になる。

「ズバリ、若虎のこと好きなんやろ？」

「はっ？」

見当違いなことを言い出した友聖に哉太は目を据わらせた。

「だからお目付役とかいうて追いかけ回してんのに、若虎は奥菜先生に惚れとって、哉太は切ない片想いに苦しんでる…と」

端で見ていると、たとえ政治家とその秘書の息子とはいえ、文句も言わずワガママなお坊ちゃまの相手をしてやるのは、ソコに恋愛感情があるからとしか思えなかった。

「全然チゲー」

お粗末《そまつ》な友聖の推理を哉太はキッパリと否定する。

「えー？」

「俺が好きなのは若虎のボディーガードなの」

おかしな誤解をされたままではたまらないと思った哉太は、ムキになって自分が好きな人の正体を明かした。

「哉太ってマッチョ好きなん？」

ボディーガードというイメージから、勝手に筋肉モリモリで厳ついタイプを想像した友聖は意外そうな声を出す。

「風間さんはマッチョじゃねー！」

イメージだけでものを言う友聖に哉太は憤慨したように叫んだ。

「いや、脱いだらそれなりにスゴイけど、スラッと背が高くて中性的な顔で…」

風間の姿を脳内に思い描いた哉太はニンマリと幸せそうな笑みを浮かべる。

「想像つかへんわぁ」

「ちょっと待ってろよ」

しきりに首を傾げている友聖に、哉太はジーンズのポケットの中から携帯電話を取りだして待ち受け画面を見せた。

もちろん哉太の待ち受けの画像は風間の優しい笑顔だった。

「ほら、メッチャ綺麗だろ？」

すっかり酔いが回っている哉太は興奮気味に友聖に詰め寄って同意を求める。

「ふーん、哉太はこういうのが好みなんや」

たしかに携帯の待ち受け画面でも、風間という男が中性的で美しい顔立ちをしていることはわかった。

「だから若虎にくっついてりゃ必然的に風間さんとも一緒にいられるじゃん」

哉太は我ながら頭がいいと言わんばかりに、虎次と行動を共にしている最大の理由を教えてやる。

「っても風間さんは若虎のほうばっか見てるんだけどね…」

待ち受け画面の中の風間に熱視線を送った哉太は切ないため息を漏らす。

「なんや、片想いなん？」

「俺なんかにかまってる暇はないって言われた」

友聖の問いに哉太は唇を尖らせて答えた。

「正面切って告白してもダメだったから犬にしてくださいって言ったのに、飼い主ならちゃんと面倒見るべきだと思わないかっ？」

届かない想いに胸が痛くなった哉太は苛立ちをぶつけるように主張する。

「犬？」

哉太がなにを言いたいのかイマイチ理解できない友聖は、犬がなにを意味するのか説明を求めるように首を傾げた。

「ワンッ」

すると哉太は無邪気に犬の鳴き真似をする。

「ちょっ、可愛いなぁ」

意表をつかれた友聖は本当の犬にするように哉太の頭をワシャワシャと撫でた。

「片想いしとるくらいやったら俺とつきあわへん？」

友聖はそのまま哉太の頬を包み込むようにしてジッと瞳を覗き込むと、甘ったるい口調で囁く。

「なんれ？」

「俺やったらずっと哉太のことだけ見てるし、寂しい思いはさせへんよ」

キョトンとする哉太に友聖は真剣な口調で言い切った。

「なるほろ、そうやって格好つけて口説《くど》けば男も女もメロメロになるんらな」

だんだん呂律《ろれつ》が回らなくなってきた哉太は、いかにも恋愛慣れしてそうな友聖の決め台詞に感心しまくっている。

「人が真剣に告白してんのに…」

ワザとなのか天然なのか思いっきりはぐらかされてしまった友聖はため息を漏らす。

「てか俺と友聖って、出会ってまだ一カ月くらいしか経《た》ってないじゃん」

友達としては一緒にいて楽しいと思うが、友聖を恋愛感情で意識したことがない哉太は口を尖らせて言い返した。

「人を好きになるのに時間の長さなんて関係あらへん」

友聖の主張に哉太はハッとなった。

よくよく考えてみれば哉太も風間には一目惚れをしたのだ。むしろ時間の長さなんて関係ないことは哉太が一番よくわかっている。

「それに、俺の初恋はテレビの中の天才空手少年や」

さらに友聖は哉太がずっと心の中に存在し続けていたことを告げた。

一方的ではあるがテレビで見ただけの少年を忘れられないなんて、恋心を抱いてしまったから以外にあり得ない。哉太と実際に会ってその感情は確信に変わった。

「よし、わかった！　友聖を俺の犬にしてやる！」

風間という人がいるので当然友聖の想いを受け入れられない哉太は、ならばと偉そうに持ちかける。

もちろん酔っぱらってマトモな判断能力を失っているからこその提案だ。

「はい？」

「ご奉仕させてくらさいは？」

目をパチクリさせる友聖に哉太は風間の口調を真似て促す。

「それって、エッチさしてくれるってコト？」

哉太が酔っぱらっていることは重々承知で、とりあえず据え膳を食ってしまってもいいかと思った友聖は、ニヤリと笑ってイヤラシっぽく問いかける。

「おーあーずーけー」

しかし哉太は友聖の顔の前に手のひらを差し出して待てをするつもりが、ベチッと鼻面を叩いてしまう。

「なんでやねん」

思いっきり顔をしかめた友聖は関西弁丸出しで突っ込んだ。

「てかココじゃアカンよな」

フロアを見渡すと、男同士で腰を抱いたり唇を寄せ合ったりしてるカップルは少なくないが、さすがにそれ以上の行為はできそうにない。

「うー…」

「ほら、場所変えるで」

いつの間にかウトウトと船を漕《こ》いでいる哉太の腕を引っ張った友聖は、そのまま腰を抱くようにして支えながらクラブを出てホテル街に消えていった。

道玄坂《どうげんざか》にあるラブホテルの一室に入った途端、哉太は倒れ込むようにベッドに寝転んでしまった。

慣れないアルコールを身体が分解したがっているのか、やたら喉が渇いて仕方ない。

「喉渇いたぁ」

「はいはい、ちょっと待っとってな」

半分目を閉じた状態でまどろみながらせがむ哉太に、友聖は作りつけの小さい冷蔵庫の中からミネラルウォーターを取り出した。

「はいよ」

ベッドの端に腰掛けた友聖は、冷たいペットボトルを哉太の火照って赤くなっている頬に当ててやった。

けれど哉太は目を閉じて横たわったまま起き上がろうとすらしない。

「哉太？　自分で飲めるか？」

このままでは本格的に寝てしまいそうだと思った友聖は肩を揺らして起こそうとする。

「ん…」

哉太はウッスラと目を開けたもののボンヤリと天井を見つめているだけで、自分で水を飲むことなどできそうになかった。

「しゃーないなぁ」

小さく肩を竦めた友聖はペットボトルの蓋を開けると、中身を口に含んで哉太の身体に覆い被さるように唇を重ねた。

「んぅっ!?」

柔らかい感触が唇に触れたあと喉に水が流れ込んできた哉太は、驚いたようにギョッと目を見開く。

「な…にすんだよぉっ！」

友聖にキスをされていることに気づいた哉太は半ばパニック気味に叫んだ。

「なにって、水飲ませたっただけやん」

友聖はシレッと答えるが、どさくさに紛れて唇を奪ったのはもちろん確信犯だった。

「チューしていいなんて言ってなーいっ！」

一方的なキスに腹を立てた哉太は至近距離にある友聖の顔を押し退けようとする。

なにしろ哉太は風間としかキスをしたことがないのだ。

今はただの犬でしかないが、いつかは両想いの恋人になりたいと思っているし、他の誰かに唇を許すなんて風間に対する裏切り行為になってしまう。

「てかココどこだよッ？」

さらに哉太は見覚えのない部屋にいることに気づいて、動揺したように部屋の中をキョロキョロと見回す。

一見モダンなデザインだが、さして広くもない部屋に大きなダブルベッドと二人掛けのソファとテレビくらいしかない部屋は、生活感もクソもない異様な空間だった。

「ラブホに決まってるやん」

「ラブホッ!?」

友聖に連れられるままフラフラと歩いてきただけの哉太には、当然自分がラブホテルに入ったという記憶がない。

「ご奉仕してもええんやろ?」

動揺しまくる哉太にクスッと笑った友聖は、哉太自身の発言を逆手にとると耳元で甘く囁いた。

「ふざけんなっ!」

酔っぱらって口にした言葉など覚えてない哉太はカッとなって友聖に殴りかかる。

「おっと、顔はカンベンしてや」

顔面めがけて飛んできたパンチを友聖は咄嗟に手のひらで受け止めた。

酔いが回った状態でもさすがに空手日本一なだけあって、友聖の手のひらに痺《しび》れるほど重い衝撃が残る。

なおも哉太は間髪入れず友聖の鳩尾《みぞおち》に左の拳を打ち込んだ。

「グッ!」

スッカリ油断していた友聖はモロに急所を突き上げられて呼吸が詰まってしまう。

その隙に哉太は悶絶している友聖の身体の下から抜け出した。

「鳩尾は…アカンやろ…」

背中の毛を逆立てて威嚇《いかく》する犬のような形相《ぎょうそう》で睨みつけてくる哉太に、友聖は痛む腹をさすりながら抗議する。

「うぅっ…」

友聖と目が合った哉太は瞳からボロボロと大粒の涙を溢れさせた。

「な、なんで泣くん？」

痛い思いをしたのは自分のほうなのに、加害者の哉太に泣かれると思ってなかった友聖はギョッとなった。

「友聖のこと友達だと思ってたのにぃ〜ッ！」

恨み言を口にした哉太は友聖に向かって回し蹴りを繰り出す。

「うわっ！　危ないやんっ！」

すんでの所で頭を低くして哉太の足を避けた友聖だが、ブンッと空気を裂くような音とともに風圧で長い前髪がなびいた。

「避けるなぁっ！」

「避けなきゃ当たってまうやろっ」

理不尽なことを言いながらムキになって攻撃を仕掛けてくる哉太に、防戦一方の友聖は必死でベッドの上を逃げ回った。

いくら体格差があるとはいえ、子供の頃ちょっと空手を習っていたくらいの友聖では哉太に敵うはずもない。

「俺が悪かったって！　ちょっ、マジ！　ストップ！」

友聖は必死で謝りながら次々と打ち込まれる哉太の正拳を両手でブロックする。

軽い気持ちで哉太に手を出そうとしたことを、友聖は心の底から後悔せずにはいられなかった。

「うっ」

と思ったら哉太の動きがピタッと止まって膝からガクッと崩れ落ちてしまう。

「へっ!?」

いきなり具合悪そうに蹲《うずくま》った哉太に友聖は目をパチクリさせた。

「ギボヂわるい…」

アルコールが回った身体で急に激しく運動したのが悪かったのか、胃の辺りがムカムカして妙な寒気がする。

「わー、ベッドの上で吐かんといてっ！」

焦った友聖は小柄な哉太をヒョイッと抱き上げると急いでトイレに向かった。

いわゆるお姫様抱っこに哉太は抵抗するでもなくグッタリしている。

「はい、ここやったら吐いてもええよ」

ドアを開けっ放したまま哉太を洋式トイレの前に座らせた友聖は、優しく背をさすってやりながら促す。

「…オシッコする」

別に吐き気を催していたわけでもない哉太はそう言ってフラフラと立ち上がった。

「大丈夫か？」

足下がおぼつかない哉太を友聖は咄嗟に支えてやろうとする。

「見んなよ、スケベー」

しかし哉太は軽蔑《けいべつ》したようにジトッと目を細めて友聖をトイレから閉め出した。

「ふぅ、俺の手には負えへんわ…」

純粋な親切心を誤解されてしまった友聖は、複雑な表情を浮かべながらベッドのほうに戻ってくる。

するとベッドの上に哉太の携帯電話が転がっていることに気づく。

どうやら揉み合いになったときに、ジーンズのポケットから落下してしまったようだ。

無言のまま携帯を拾った友聖は、勝手に履歴を確認すると一番上にあった人物に電話をかけた。

『もしもし？』

「あ、風間さん？」

数回のコールで電話に出た風間に友聖は愛想良く話しかける。

『……どちら様ですか？』

哉太からの着信のはずが、知らない男の声に警戒心を強めた風間は訝しげに尋ねた。

「へぇ、哉太やないってわかるんや…」

たった一言しか発してないのに聞き分けられてしまった友聖は、鋭い風間に感心したようにつぶやく。

『哉太くんがどうかしたんですか?』

「おたくのワンちゃん、酔っぱらって手に負えないんで迎えに来てもらえますか?」

心配そうな風間に友聖は冗談めかしたような口調で告げた。

『えっ?』

わざとらしく哉太をワンちゃん呼びする男に風間は眉をひそめる。

哉太が風間の犬になることを志願して従順に仕えていることを知っているのは、本人たち以外には虎次と雄大しかいないはずだ。

「場所は渋谷の道玄坂にあるATOMってラブホの507号室です」

『ラブホテル…?』

さらにシレッと非常識な場所を指定されて風間は苦々しい感情がこみあげてくる。

場所柄的に考えても電話を寄こした相手は、哉太が夜な夜な一緒にクラブで遊び歩いているというクラスメイトだろう。

「もちろん、風間さんが犬なんていらない言うなら俺がもらってあげますけど」

友聖はトドメとばかりに風間を挑発した。

『…いえ、すぐに迎えに行きます』

状況はまるでわからないが、居ても立ってもいられなくなった風間は当然のように返事をする。

「ほな待ってます」

必死になる風間に友聖はフッと笑って電話を切った。

「ふぅ…」

我ながら人がいいというか平和主義というか、敵に塩を送るような真似をするなんてどうかしてると思う。

「オーイ、哉太」

さらに、なかなかトイレから戻ってこない哉太が心配になった友聖は、再びトイレに足を運んで扉をノックした。

けれど反応がないのでソッと扉を開けてみると、ノンキな哉太は壁にもたれかかるようにしてスヤスヤと寝息を立てている。

「トイレで寝たらアカンって」

友聖はそう言って幼さの残る哉太の頬をチョンッとつついた。

「んぅ…」

「ホンマ世話の焼けるワンちゃんやな」

まったく起きる気配がない哉太にため息を吐いた友聖は、小柄な身体を抱きかかえてベッドに運んでいく。

ベッドに横たえられても哉太は無防備に目を閉じたままだった。

無理矢理襲われても文句は言えない状況なのに、ひとたび目を覚ました途端に狂犬に変身するのだからたまらない。

「コレは慰謝料や」

ニヤリと笑った友聖は哉太の細い首筋にチュッと吸いついてやる。

ウッスラと赤い痕《あと》が浮き上がってきたことを確認した友聖は、哉太を残してホテルの部屋をあとにした。


風間が指定されたホテルの一室に到着したとき、哉太は大きなベッドに一人で大の字に寝ていた。

部屋の中をキョロキョロと見回すが電話を寄こした男の姿はどこにも見あたらない。

「哉太くん、起きてください」

仕方なく風間は健《すこ》やかな寝息を立てている哉太の肩をユサユサと揺さぶった。

「風間さんだぁ」

ボンヤリと目を開けた哉太は風間の顔を見るなり嬉しそうにギュッと抱きついてくる。

「寝ぼけてるんですか？」

夢と現実の区別がついてないのか、甘えたように頬をすり寄せてくる哉太に風間は眉をひそめて尋ねた。

「…あれぇ？」

だんだん意識がはっきりしてきた哉太は、眠そうに目を擦りながら今現在の状況を把握しようと首を捻った。

友聖にお酒を飲まされたあげくラブホテルに連れ込まれたことは覚えてるし、自分が今いる場所もそのラブホテルだということはわかるが、一緒にいたはずの友聖がいつの間にか風間に入れ替わっているなんて謎すぎる。

「なん…で、風間さんがココに？　てか友聖は？」

頭の中がハテナマークでいっぱいになった哉太は動揺気味に疑問を口にした。

「おそらくその彼から、哉太くんを迎えにくるようにと電話をもらいました」

友聖が居ないことを気にする哉太に、風間は苛立ちを抑えながらこの部屋に来た理由を教えてやる。

「随分とお楽しみだったみたいですね」

さらに哉太の首筋に赤く充血した痕を見つけてしまった風間は、スッと手を伸ばして哉太の首筋を撫でながら嫌味っぽい口調で言う。

「えっ？」

風間がなにを言いたいのかわからない哉太はキョトンと首を傾げた。

「キスマーク、ついてますよ」

「ウソォ!?」

まったく心当たりがない指摘に哉太は素っ頓狂な声を上げる。

「俺知らないよっ！　友聖とキスなんか…」

濡《ぬ》れ衣《ぎぬ》を否定しようと慌てて口を開いた途端、哉太の脳裏に記憶がフラッシュバックした。

「したんですね？」

黙り込んでしまった哉太に風間は冷たい目をして尋問する。

「チガッ、口移しで水飲まされただけで全然そういうんじゃないしっ」

ブンブンと首を振った哉太は大袈裟に身振り手振りをつけて必死に釈明した。

「俺マジで酔っぱらってたから、なんでこんなトコいるのかも全然記憶になくて…」

唇を奪われてしまったことは紛れもない事実だが、哉太は自分の意思でラブホテルに入ったワケでもないし、友聖と間違いを起こしたと思われるなんて嫌だった。

「記憶がないのであれば、キスマークをつけられるようなことをしてないとも言い切れないのでは？」

「うっ…」

風間の鋭い突っ込みに哉太は自ら墓穴《ぼけつ》を掘ってしまったことに気づく。

とはいえ、もし哉太が友聖に童貞を捧げてしまったのであれば、まったくなにも覚えてないなんてこともないと思う。

「そもそも未成年の飲酒は法律で禁止されていますよね」

ウダウダ考えている哉太に風間は根本的な問題を指摘する。

「ゴメンナサイ…」

シューンとなった哉太は自主的にベッドの上に正座すると風間に頭を下げた。

「別に謝ってもらわなくてもけっこうです」

「でも風間さん怒ってるじゃん」

いつも笑顔のポーカーフェイスで感情が読めない風間が、苛立ちをあからさまにするなんてよっぽど怒ってる証拠だ。

「怒ってるんじゃなくて呆れてるんですよ。オナニーを解禁したとたんに他の男とラブホテルだなんて、とても忠誠心の厚い犬とは思えませんから」

自ら突き放すようなことを言っておいて勝手だと思うが、コントロールできない独占欲が風間の心を揺さぶっている。

「風間さんだって俺より若虎のこと大事にしてるだろっ」

辛辣《しんらつ》な言葉にカッとなった哉太は悔し紛れに言い返した。

もしかして風間が不機嫌なのは、哉太のせいで屋敷にいる虎次から離れなければならなかったからかもしれない。

ボディーガードとして常に虎次のことを一番に考えている風間にとって、ダメ犬のせいで仕事を疎《おろそ》かにするなんて許せないことだろう。

「虎次坊ちゃまをお守りすることは、私の仕事であり使命です」

疑心暗鬼《ぎしんあんき》に駆られる哉太に風間はキッパリと言い切った。

「だったら俺のことなんかほっといてくれよ！」

惨めな気分になった哉太は大きな瞳に涙をいっぱい溜めてキレ気味に叫んだ。

虎次のほうが大事ならはじめから迎えになんて来なければいいのに、中途半端に期待させるようなことをしないでほしかった。

「子供みたいな駄々こねてないで早く帰りましょう」

小さくため息を吐いた風間は、すっかりヘソを曲げてしまった哉太に手を差し伸べる。

「ヤダッ！」

「あんまり聞き分けないことを言ってると、お仕置きしますよ？」

プイッとそっぽを向いて拒絶する哉太に、風間はヒョイッと片方の眉を吊り上げて宣告した。

「子供扱いするなっ！」

嫌というほど尻を叩かれて泣かされるのも、お仕置きで脅せば言うことを聞くと思われるのも屈辱的で、哉太は鼻息荒く風間に食ってかかった。

「では、大人のお仕置きにしてあげます」

風間はそう言って哉太の胸ぐらを掴むと、強引に引き寄せるようにして細い首筋に唇を寄せる。

「痛…つぅッ！」

友聖が残した痕を上書きするようにチュウッと強く吸われて哉太はビクッとなった。

濃い痣《あざ》のようなキスマークを確認した風間は、哉太の身体をベッドにうつ伏せになるように引き倒してジーンズを脱がせにかかる。

「うわぁっ！」

抵抗する間もなくジーンズの前をはだけられて、哉太は慌ててジタバタと暴れるも下半身を丸出しにされてしまう。

さらに風間は左手で哉太の腰をガッチリとホールドすると、右手で尻の割れ目をグイッと開いた。

「ヤメッ！　離せぇッ！」

無遠慮に奥まった部分を晒《さら》された哉太は真っ赤になって叫ぶ。

「ひっ…ドコ触って…クッ！」

なおも風間の指が哉太のクレバスの中心にある小さな穴に触れて、そのまま突っ込まれるのではと焦った哉太は上擦《うわず》ったような声を上げる。

風間を抱きたいとは思っていても、抱かれたいとはこれっぽっちも思ってない哉太にとって、尻の穴を弄られるなどあってはならないことだ。

「飼い主が犬の身体を調べるのは当然の権利です」

風間は無慈悲《むじひ》に言い放つと右手の人差し指に唾液を絡めるように舐めた。

濡れそぼった指をキュウッと窄《すぼ》まっている入口に押し当てた風間は、狭い穴をこじ開けるようにツプッと侵入させる。

「ダァッ！」

僅かな痛みと強烈な異物感に襲われて戦《おのの》いた哉太はパサパサと頭を振った。

「ココは使ってないみたいですね」

強引に根本まで指を侵入させた風間は、痛いくらいの締めつけに満足げにつぶやいた。

「…ったり前だろ！」

よりにもよって友聖に抱かれたのではないかと疑われていたことがショックで、憤慨した哉太はますます風間の指を締めつけてしまう。

「もっ…ヤメロよぉ…ッ」

誤解は解けたはずなのに、風間は指を抜くどころか奥に侵入させたまま内壁を探るように指を蠢かす。

哉太は足を蹴り上げるようにして抵抗を示すが、風間の指がある一点に触れるとペニスにビリッと電流のような快感が走った。

「ひぁっ！」

「ん？　ココですか？」

ひっくり返ったような悲鳴を上げる哉太に、風間は小さなシコリを指の腹で円を描くように撫でながら確認する。

「あンッ…ちゃっ！　ハァッ！」

執拗《しつよう》にソノ部分を擦られた哉太は無意識に腰を捩って身悶《みもだ》えた。

「ヤッ…ケツなんかで…感じたくな…あぅッ！」

哉太の意思とは裏腹に風間の指を銜え込んだ後孔は、怖いくらいの快感に伸縮を繰り返している。

「でも腰動いちゃってますよ？」

風間はからかうように囁くと、人差し指の第一関節を曲げて内壁を引っ掻くように抽挿させた。

「やらぁ…ッ!」

「前をパンパンに腫れ上がらせておきながら嫌がっても説得力ないですけど」

指一本触れてないのに固く勃起しているペニスを指摘した風間は、腰に回していた左手で先走りの液を溢れさせている先端を握った。

「ふぇっ…やぁ…あんっ!」

前と後ろを同時に刺激されて、頭が真っ白になるほどの快感に哉太は腰をガクガクと痙攣させる。

「もっ出ちゃうってばぁッ!」

一気に追い詰められた哉太は泣きそうな声で限界を訴えた。

「ひぃっ!」

途端に風間は哉太の中から指をズルッと一気に引き抜いてしまう。

「ふぅ…ン?」

あと少しでイケそうだったのに逸らされた哉太は、身体の中に燻《くすぶ》る熱を持て余して風間を振り返った。

「お仕置きはこれからが本番です」

風間は物欲しそうな顔をしている哉太にクスッと笑うと、哉太の尻を高く掲げるように四つん這いにして自身のペニスを押し当てた。

「なっ…まさかッ!?」

風間に向かって尻を差し出すような体勢に哉太はギクッとなる。

「おっと」

ベッドを這うように逃げ出した哉太の足首を掴んだ風間は、仰向けにひっくり返して赤ちゃんがオシメを交換するような体勢に押さえ込んだ。

「逃げようとするなんて、悪い子ですね」

口元に笑みを浮かべた風間に見下ろされると、綺麗な顔が逆に空恐ろしく感じて哉太の心臓が竦み上がった。

「ヤッ…風間さん！　ヤダッ！」

そのまま見せつけるように熱《いき》り立ったペニスを挿入しようとする風間に、哉太は半ばパニック気味に拒絶反応を示す。

「で…きない！　俺、こんなの無理ッ！」

涙を溢れさせながら必死で藻掻く哉太を風間はなおも強引に押さえつける。

自分でも抑えきれない欲望に突き動かされるように、哉太のすべてを奪いたい衝動に駆られていた。

「ヤダよぉ…ゴメッ…なさ…ひっく…」

しかし、恐怖のあまりガタガタと震えながら謝る哉太の姿を目の当たりにして、風間は言い様のない苦い感情に襲われる。

風間は哉太を無理矢理犯して傷つけたいとは思っていなかった。

ストレートな愛情をぶつけてくる哉太が無邪気で可愛くて、いつも幸せそうに笑っていて欲しいのに、泣かせることしかできない自分に嫌悪感を覚える。

「……これに懲りたら、二度と心配させるような真似しないでください」

一瞬天を仰いで欲望を抑え込んだ風間は、哉太から身体を離して静かに告げた。

「ふぇ～」

緊張の糸が切れた哉太はますますボロボロと泣き出してしまう。

「乱暴にして申し訳ありませんでした」

子供のように泣きじゃくる哉太に風間は深く頭を垂れて謝罪の言葉を口にする。

「なって…」

元はと言えば迷惑をかけたのは哉太のほうなのに、どうして風間が謝るのかわからなくて哉太は慌てたようにブルブルと首を振った。

「涙を拭いて、もう帰りましょう」

フッと微笑んだ風間は、そう言って自ら脱がせた哉太のジーンズと下着を甲斐甲斐しく穿《は》かせてやる。

「うん…」

いつもの優しい風間に戻ってくれてホッとしつつも、笑顔のポーカーフェイスに本当の自分を隠してしまった風間に哉太は妙な不安を感じていた。


翌朝、いつもどおり風間の運転する車で登校した哉太は、いつもと変わらなすぎる風間の態度に戦々恐々《せんせんきょうきょう》としていた。

美しい笑顔がポーカーフェイスどころか鉄仮面のように冷たくて、まるで感情のない人形のようにすら思えてしまった。

「ハァ…」

風間が心を閉ざしてしまった原因が自分にあるように思えて哉太はため息を吐く。

「朝っぱらからため息吐いて、どしたん?」

そこへ登校してきた友聖が底抜けに軽い口調で話しかけてきた。

「友聖!」

ノンキな関西弁にイラッとなった哉太は諸悪の根源を鋭い目でキッと睨んだ。

「昨日はよくもっ…」

「なんや、派手な痕になってもうたなぁ」

想像以上に目立つキスマークを首筋に残している哉太に、友聖はアチャーという顔をする。

「これは風間さんに思いっきり吸われたの！」

カァッと赤くなった哉太はキスマークを隠すように手で首筋を押さえて力説した。

「てか、やっぱお前がキスマークつけたのか…」

なにしろ友聖が余計なことをしてくれたおかげで、哉太は風間に尻を犯されそうになったのだ。

「そんなん慰謝料代わりや」

苦虫を噛み潰したような顔をする哉太に友聖はシレッと言い放つ。

「でも良かったやん」

「はぁ？」

良かったことなんてひとつもない哉太は、ニヤニヤと笑っている友聖に思いっきり眉をひそめた。

「俺が残した痕を消すくらい強く吸われたっちゅーことは、風間さんがメッチャ嫉妬してくれたっちゅーことやろ？」

それで哉太の片想いが実ったのだとしたら、感謝されてもいいくらいだと友聖は思っている。

「どやった？　めくるめく一夜を過ごすことができたんちゃう？」

バッチリお膳立てをしてやったつもりの友聖は、哉太をからかうようにウリウリと肘《ひじ》でつついた。

「思いっきり拒んだ…」

哉太はフッと遠い目をして正直に答える。

「はい？」

「だって風間さん、お仕置きとかって俺のケツ犯そうとするんだもんっ」

予想だにしない展開に泣きじゃくって謝るという醜態《しゅうたい》をさらした哉太は、言い訳をするように風間の変貌ぶりを訴えた。

きちんとルールのある試合では負け知らずでも、実戦では風間にまったく敵わないほど弱くて泣き虫な自分が恥ずかしくてたまらない。

「願ったり叶ったりやろ？」

むしろ計算どおりの展開に友聖はなにが悪いのかわからないというように首を傾げる。

「なんでだよ！　俺は風間さんのこと抱きたいって思ってるけど、抱かれたいとは思ってねーの！」

当然自分が突っ込むセックスしか頭になかった哉太はムッとなって主張した。

「哉太ってタチなんっ!?」

身の程を知らない哉太に友聖は素っ頓狂な声を上げる。

「なんで驚くんだよ！」

いかにも意外という反応をされて哉太は憤慨したように言い返す。

「ぶっちゃけ哉太って押し倒したくなるタイプやん」

「どこがっ！」

自慢じゃないが哉太は風間以外の男に押し倒されるほど柔《やわ》じゃない。

現に友聖だって酔っぱらった哉太に手を出そうとして返り討ちにあったはずだ。

「どこって、筋肉質だけど細い腰とかエロすぎやし、ちょっと甘えたな声と口調も可愛いやろ」

それでも友聖は真剣な顔をして指折り哉太に欲情するポイントを上げていく。

「あと無理矢理銜えさせて大きな目に涙いっぱい溜めて見上げてほしいとか、強引に押さえつけて睨みつけられたら興奮するやろな～とか…」

「もういいっ！」

聞くに堪《た》えなくなった哉太は強引に友聖の話を打ち切った。

「てか本人目の前にして、よくもそんな妄想語れるな…」

自分が友聖のそんな欲望の対象だとは思えなくて哉太はしきりに首を傾げた。

「現実は泣くわ殴るわムチャクチャやったけど」

友聖はホテルのベッドで逃げ惑う恐怖を思い出して大袈裟に肩を竦める。

「当然だろっ」

伊達《だて》に毎日厳しい稽古に汗を流しているわけではないという自負がある哉太は、ケッと吐き捨てた。

「でももったいないなぁ」

「なにが？」

思わせぶりにつぶやく友聖に哉太は唇を尖らせて尋ねる。

「俺やったら、片想いしてる相手に迫られたらケツくらいなんぼでも差し出すで」

友聖的にはせっかくのチャンスを逃すくらいなら、据え膳を食うのではなく食われるのでも全然かまわない。

「マジで言ってんの!?」

快楽主義者で細かいことには拘らない友聖に、度肝《どぎも》を抜かれた哉太は信じられないというように尋ねた。

「モチロン、哉太にやったら抱かれてもえぇよ」

「うぇっ!?」

さらにウエルカムとばかりに両手を広げられて哉太はギョッとなる。

「可愛いヤツに掘られるっちゅーのもまた一興《いっきょう》や」

それはそれで楽しいと思える友聖はニヤリと笑った。

「やっぱ節操《せっそう》ナシだ…」

要するになんでもありの友聖に哉太は冷たい眼差しを向ける。

「なに言うてんねん。好きな人を振り向かせるのになりふり構ってられへんやろ」

大きな目的を達成するためなら、手段なんて選んでる場合ではないというのが友聖の考え方だ。

「うー、やっぱ既成事実作っておくべきだったのかなぁ」

その一線を越えることができたら風間との関係も進展したかもしれないのに、頑《かたく》なに拒絶してしまったのは失敗だったと思わずにはいられない。

「今さら後悔しても遅いけどな」

ズドーンと落ち込む哉太に友聖は軽い口調でトドメを刺した。

「あ～」

後悔の波が押し寄せてきた哉太は思わず頭を抱え込んだ。

「なにを騒いでいるのだ?」

そこへ教室に入ってきた虎次が不機嫌そうに声をかけてくる。

どうやら雄大の居る職員室に入り浸っていたのに、職員会議で追い出されてしまったようだ。

「なぁ、もし若虎が奥菜先生にケツ掘られそうになったらどうする？」

まさか虎次と雄大が主と犬として同棲している恋人同士だとは知らず、虎次が雄大に一方的な想いを寄せていると勘違いしている友聖は、哉太と同じような状況で虎次ならどうするのか意見を求めた。

「それが男同士で契《ちぎ》りを結ぶということだろう」

どうもこうも、当の哉太から偏った知識を与えられて雄大を逆レイプするに至った虎次は、当然のように言い切った。

「さすが若虎やな」

「なに、雄大の性器を俺の尻に挿《い》れるくらい容易《たやす》いぞ」

手放しで誉められた虎次は得意気に胸を張る。

「若虎にできて哉太にはできないなんて、よっぽどチキンちゃう？」

複雑な表情を浮かべている哉太に友聖は小馬鹿にしたようにクスッと笑う。

「俺はチキンじゃなーい！」

臆病《おくびょう》者扱いされた哉太はキーッとなって叫んだ。

「弱い犬ほどよく吠えるってやっちゃな」

友聖はヤレヤレというように肩を竦めて今度は犬に例えてやった。

「チクショー、やってやる！　俺だって風間さんのチンチンの一本や二本突っ込まれたって平気なんだからなっ！」

友聖の挑発にまんまと引っかかった哉太は鼻息荒く宣言する。

「いや、チンチンは二本あらへんやろ」

意気込みだけは立派だが、微妙にズレている哉太に友聖は苦笑いで突っ込んだ。


その夜、哉太は入浴中身体を洗っているときに尻の割れ目を指でなぞってみた。

キュッと窄まった穴には風間の指を銜え込んだ感覚が生々しく残っているのに、今はまるで哉太の指を拒むように固く閉じてしまっている。

「無理だろ、コレ…」

早々に諦めた哉太はシャワーで身体を洗い流してから湯船に浸かった。

とはいえ自分より小柄で弱い虎次ですら、雄大のぶっといイチモツを銜え込んでいるというのに、自分には出来ないなんてなんだか悔しい気がした。

少なくとも風間に尻の穴を弄られて気持ちよくなってしまったのは事実だし、風間にしてもらえばペニスだって挿《はい》るのかもしれない。

「うーん…」

風間の裸体を脳裏に浮かべて考え込んでいると、哉太のペニスが湯船の中でムクムクと勃《た》ちあがってくる。

「ヤベッ、鎮まれって…」

哉太は慌てて首をブンブンと振って頭から邪念を追い払うようにした。

風間からオナニー解禁を言い渡されても、哉太は自分でする気になれず禁欲生活を続けている。

自分でもバカげていると思うが、それが風間の犬として忠誠を誓った証だった。

「ふぅ…」

ため息を吐いた哉太は、湯船から出ると頭から冷たい水を被って、火照った身体を強引に鎮めてからバスルームを出た。

タオルで身体を拭いて風間にもらったドッグタグを首にかけると少々気が落ち着く。

しかし哉太がパジャマのズボンに足をとおした途端、ブチッと弾けるような音がしてウエストのゴムが切れてしまう。

「なんだよ、もー」

哉太はしかめっ面でパジャマの上着を羽織ると、ズボンがずり落ちないようにウエストの部分を手で握って、ヨタヨタと居間のほうに歩いて行った。

「母ちゃん、パジャマのズボンのゴムが切れちゃったんだけど」

居間の扉を開けた哉太は、祖父と一緒にシリーズもののサスペンスドラマを見ているはずの母蘭子《らんこ》に声をかける。

「あとにしてっ」

しかし蘭子はテレビを見たままつっけんどんに答えた。

「なに？　どしたん？」

いつも優しい母の思いもよらないリアクションに哉太は目をパチクリさせてしまう。

「いいから、静かにしなさい」

蘭子だけでなく祖父民雄も腕を組んだまま険しい表情でテレビを凝視していて、居間にはただならぬ空気が漂っている。

「はーい…」

そんなに夢中になるほどのストーリーなのかと、首を傾げながら炬燵に入った哉太がテレビ画面に目をやると、サスペンスドラマではなく報道特別番組が放送されていた。

小倉総理辞任というテロップ入りで生中継されている会見は、放送予定を変更してまで国民に伝えられるべきニュースなのだろう。

食い入るようにテレビを見ている母と祖父の様子からも関心度の高さは伝わってくる。

「ふーん、ホントに辞めちゃうんだ…」

風間は週明けにもと言っていたが、それより少々早まったせいなのかマスコミはヤケに慌ただしいし、総理サイドも憔悴《しょうすい》しきった表情なのが気にかかるところだ。

「こんな途中で政権を投げ出すような男が総理大臣とは、情けない…」

ほどなく会見が終わったのを見届けて、民雄は苛立ったようにつぶやきながら炬燵を出て風呂に向かった。

画面はスタジオに移って、局の看板アナウンサーやコメンテーターたちが、次の総理は誰になるのかという議論に花を咲かせている。

「やっぱ次の総裁選は辰巳先生が出馬すんのかなぁ」

哉太は炬燵の上に置いてあるミカンを手にとってため息を吐いた。

そうなったら虎次の周囲も物々しくなるだろうし、ボディーガードの風間も哉太に気を回している暇はなくなってしまうだろう。

「勝哉さんもしばらく忙しくなりそうね…」

第一秘書として古葉辰巳を陰で支える夫に想いを馳《は》せた蘭子は寂しそうにつぶやく。

道場で子供たちに空手を教えている活発な蘭子とは対照的に、浅木家の婿養子として蘭子と結婚した勝哉はインテリで優しい性格をしている。

蘭子は健康的な美人ではあるが勉強がとにかく苦手で、頭のいい勝哉を尊敬してるし惚れまくっているが、大変な仕事をサポートしてあげられないのが悲しかった。

「ただいま」

そこへいつもと変わらない穏やかな口調で勝哉が帰宅した。

「勝哉さん！」

「父ちゃん！」

まさしく噂をすれば影という絶妙なタイミングで居間に姿を現した勝哉に、蘭子と哉太の声が見事にハモる。

「二人とも、どうしたの？」

大声を出す妻と息子に勝哉は驚いたように尋ねた。

「ううん、てっきり今夜は遅くなると思ってたの」

ブンブンと首を振った蘭子は急いで夕飯の支度《したく》をしようと立ち上がった。

「しばらくは古葉の家に泊まり込みになりそうだから、着替えだけ取りに来たんだ」

嬉しそうな蘭子に勝哉は申し訳なさそうな顔をして帰宅した理由を告げる。

「あっ！　支度は私に任せて、勝哉さんはお茶でも飲んでて！」

そのまま寝室に向かおうとする勝哉を制止した蘭子は、せめて束《つか》の間《ま》でもゆっくりしてもらおうと申し出た。

「じゃあ、お願いしようかな」

健気な妻にフッと微笑んだ勝哉はお言葉に甘えて哉太の向かいに腰掛ける。

少しでも勝哉の役に立てるのが嬉しくて、蘭子は荷物を用意するためにパタパタと小走りで寝室に向かった。

「辰巳先生が総理大臣になったら、父ちゃんも総理大臣の秘書か～」

居間で勝哉と二人きりになった哉太は感慨深そうに言う。

「まだ総裁選に出馬できるかもわからないよ」

気が早い哉太に勝哉は苦笑いで肩を竦めた。

「なんで？　マスコミにも最有力候補って言われてるし、国民も辰巳先生に期待してるっしょ？」

むしろ辰巳が総裁選に出ないなんて世論が許さないだろうという気がする。

先の竹山総理は党の最大派閥の長として絶大な権力を誇っていたが、身内に甘く私利私《しりし》欲《よく》に走りすぎると国民人気は決して高くなかった。

その竹山前総理の後継者として同派閥から総理大臣に担ぎ上げられた小倉総理は、竹山総理時代の失策の尻ぬぐいをさせられるうえに、相次ぐ国民からの批判の矢面《やおもて》に立たされて内閣の支持率を地に落としていた。

そこで小倉総理は三世議員ながらも派閥に属さない古葉辰巳を入閣させて、その抜群の知名度と人気を利用して支持率回復を計ったが、国民からは古葉総理待望論が生まれただけで結局は辞任に追い込まれたのだ。

「小倉総理の残任期間は竹山派から総理をって党の意向なんだ」

そもそも総裁選に出馬するには党の中から二十人の推薦人を集めなければならない。

当然竹山派からも総裁選の立候補者は出るだろうし、派閥のしがらみから辰巳の推薦人を集めるのは困難な状況だった。

「それって、あの狸ジジイが圧力かけてるってコト？」

「竹山派は党の最大派閥だからね」

若手を中心に古い体質を払拭して辰巳を推すグループもあるし、辰巳の人気に便乗しようという打算的な輩もいるが、辰巳は自身と政策や信念が近しい者以外と協力する気がないようだ。

「…もしかして、風間さんも竹山に圧力かけられてSP辞めさせられたの？」

スタジオで偉そうにインタビューを受けている竹山の姿に、哉太は初詣のときに見た風間とのやりとりを思い出して神妙に尋ねる。

「いや、彼は…」

唐突な問いに勝哉は言葉を濁して答えようとしない。

「彼はナニ？　竹山の娘とどういう関係？」

またもやはぐらかされてたまるかと哉太は父に詰め寄った。

「風間くんは竹山先生の娘さんと婚約してたんだよ」

哉太の剣幕に押された勝哉はため息交じりに風間と竹山の関係を打ち明けた。

「婚約ッ!?」

想像以上の深い関係に哉太は素っ頓狂な声を上げる。

今でこそ風間はまったくと言っていいほど女っ気がないが、竹山の娘のことを下の名前で呼んでいたのが引っかかったし、才色兼備という言葉が当てはまる千栄と風間は悔しいけれどお似合いに見えた。

「あのルックスで性格も温厚なのに腕っ節は強い風間くんのこと、竹山先生はすごく気に入ってたからね」

いくら首相付きのSPだったとはいえ、政界や財界の人間ではない一般人に娘をくれてやろうだなんて、がめつい竹山らしくないと陰で囁かれていたことを勝哉は覚えている。

「だったらどうして…」

なおさら風間がSPを辞めた理由も、人を愛する資格がないと公言している理由もわからなくなった哉太は、眉をひそめて父に説明を求めた。

「公にはなってないけど、二年前に竹山総理の遊説《ゆうぜい》先で狙撃《そげき》未遂《みすい》事件があったんだ」

声のトーンを落とした勝哉は隠蔽《いんぺい》された事件について話しはじめる。

「狙撃っ?」

「風間くんがビルの屋上からライフルで狙っている犯人にいち早く気づいて、犯人を取り押さえたって話だけど」

驚いたように目を丸くする哉太に勝哉は複雑な表情を浮かべて続けた。

当時竹山は一国の総理でありながら、暴力団がらみの新興宗教と金銭トラブルを抱えていて、テロリストと化した組織に命を狙われるような状態だったのだ。

もちろんそのことは公になってないし、マスコミですら報道しない出来ない闇の部分だった。

「じゃあ風間さんは竹山の命の恩人じゃん」

父の話を聞く限り、竹山はむしろ風間に感謝すべきとすら思う。

「それが当日の風間くんの担当は、婚約者でもある千栄さんの警護だったんだ」

勝哉は小さく首を振って風間の行動の問題点をあげる。

「結果的にはお手柄だったかもしれないけれど、肝心の千栄さんが犯人グループの別の男に襲撃されて…」

SPの役目はあくまで要人の身の安全を守ることであり、犯人を追いかけたり捕まえたりするのは別の部署に任せるべき仕事だった。

「幸い軽傷だったとはいえ、本来SPの仕事は要人の警護だからね。SATの到着を待たずに持ち場を離れて、守るべき人に怪我を負わせたとあっては本末転倒《ほんまつてんとう》でしょ」

もし風間がいち早く現場に駆けつけて狙撃犯を取り押さえていなかったら、竹山はライフルで頭を撃ち抜かれていたかもしれない。

最悪の事態を考えれば風間の判断は正しかったかもしれないが、結果的に風間が持ち場を離れたせいで、婚約者に怪我を負わせることになったのも事実だった。娘が可愛い竹山は風間の行動を非難し、婚約も破棄させ、風間が警視庁にいられなくなるように圧力をかけた。

「それで風間さんは人を愛する資格がないって言ってたのか…」

ようやく風間の過去を知ることが出来た哉太は合点がいったようにつぶやく。

「彼は責任感が強いから」

自責の念に嘖《さいな》まされた風間は、自分は千栄の婚約者には相応《ふさわ》しくないと素直に身を引いて警視庁を退職した。

行き場をなくした風間に声をかけて、息子のボディーガードとして雇ったのが辰巳だったのだ。

「もっとも千栄さんのほうは、今は竹山先生の顧問弁護士を務めてる男と交際中らしいけど」

今もまだ事件を引きずっている風間とは対照的に、被害者のはずの千栄はきちんと別の相手をみつけて、新しい恋に踏み出しているというのが皮肉だった。

「竹山の顧問弁護士ってたしか…」

哉太は友聖が東京で世話になっている叔父さんが、竹山の顧問弁護士を務めていると言っていたことを思い出す。

ということはつまり、友聖の叔父さんが千栄の新しい恋人ということになる。

なんにせよ風間の元恋人が別の男とヨロシクやっているというのは、風間には未練がないということなので哉太にとってはありがたい話だった。

「でもさぁ、風間さんが守ってやる必要ないくらい強くなれば問題なくない？」

愛する人を守れなかったことが風間のトラウマになっているのなら、風間の庇護《ひご》下にいなくてもいいくらい強くなれば済む話だと哉太は気づく。

「えっ？」

哉太が風間に惚れていることを知らない勝哉はキョトンと首を傾げる。

「俺なら自分の身は自分で守れるし、むしろ風間さんと若虎まとめて守ってやれるくらい強い男になってみせる！」

「頼もしいなぁ」

鼻息荒く宣言する哉太に勝哉は感心したようにつぶやいた。

「ちょっと俺、道場で一汗流してくるから」

居ても立ってもいられなくなった哉太は、ゴムの切れたパジャマのズボンを邪魔くさそうに脱ぎ捨ててスクッと立ち上がる。

「えっ？　お風呂入ったんじゃないの？」

空気が冷たい廊下を下半身剥き出しで道場に向かって走っていく息子の後ろ姿を、勝哉は唖然とした表情で見送った。

「んで、風間さんに突っ込んでもらえたん？」

小倉総理の辞任会見から三日後、性根《しょうね》を入れ替えたように夜遊びの誘いに乗ってくれなくなってしまった哉太に、友聖は帰り支度をしながらつまらなそうに尋ねた。

「ンなこと言い出せる雰囲気じゃねーよ」

ノンキな友聖に哉太はため息交じりにボヤく。

なにしろ総裁選の告示を明後日に控え、立候補者の顔ぶれも固まってきたと言われているが、辰巳はまだ正式な立候補を表明できずにいるのだ。

想像以上に竹山派からの圧力が強く推薦人が確定しないうえに、正体不明の団体から連日のように出馬を取りやめろと嫌がらせをされている。

「風間のヤツ、近頃妙にピリピリしてるからな」

「若虎がノンキすぎんだって」

今のところ虎次にはなんの危害も加えられていないが、万一に備えて風間が警戒心を強めているのは当然と言えた。

「マスコミ宛てに怪文書が送られてきたんやろ？」

古葉辰巳自体はそのルックスと明確でカリスマ性のある発言から、高い国民人気を誇っているが、祖父の代から国政に携わる政治家一家に生まれ育った三世議員であり、政治家の中でも飛び抜けた資産家であることを指摘して、あることないことでっちあげた怪文書がバラ巻かれてしまった。

「あぁ、自宅や事務所のほうにも嫌がらせの電話やＦＡＸがひっきりなしらしいぞ」

ただでさえ推薦人集めと政策の作成で手一杯なのに、事務所のスタッフが対応に追われてウンザリしている。

「大変やなぁ」

「とりあえず総裁選が終わるまでは恋愛どころの騒ぎじゃないってカンジ」

シミジミとつぶやく友聖に哉太は仕方ないというように肩を竦めた。

「なに言うてんねん！　明日はせっかくのバレンタインやのに、チョコの代わりに哉太を食べてって迫らんでどうするっ！」

巷《ちまた》では明後日に迫った総裁選の告示より、明日のバレンタインの話題で持ちきりだというのに、みすみすチャンスを逃そうとする哉太に友聖はキレ気味に迫った。

「そんなこと出来るかっ！」

たしかに哉太は風間と既成事実を作るためなら、抱かれてもいいのではと開き直ることにしたが、自らソレを強請《ねだ》るような真似ができるかといったらまた別の話だ。

「せめて手作りチョコ渡してアピールするとか」

「女子じゃあるまいし…」

そもそも男子校育ちでバレンタインに縁が薄かった哉太は、その日になにか特別なアクションを起こすという発想がない。

「アホォ、欧米では女から男になんて決まってへんねんで」

小馬鹿にしたような哉太の態度に友聖はムキになって言い返す。

「オイ、チョコレートが手作りできるのか?」

するとそこへ思いがけず虎次が食いついてきた。

「うーん、厳密には作るっちゅーよりチョコを溶かして加工し直すだけやけど、チョコレートケーキとかなら手作り感増すんちゃう?」

母親が夜の仕事をしていたおかげで、自分で食事の支度をすることが多く料理が得意な友聖は、唐突な虎次の問いに親切に答えてやった。

「よし、作り方を教わってやってもいいぞ」

すっかりその気になった虎次は偉そうな口調で持ちかける。

「はい?」

とても人にものを頼む態度とは思えない虎次に友聖は目をパチクリさせた。

もちろん虎次に悪気はないのだが、お坊ちゃん育ちで常識に欠けているだけなのだ。

「俺も雄大に手料理というヤツを食べさせたいと思っていたからな」

雄大のことを犬扱いしているクセに、意外と普通の恋人同士のような甘い関係にあこがれがある虎次は、手料理に驚く雄大の顔を想像してほくそ笑む。

「若虎に料理なんてできんの？」

ニヤニヤしている虎次に不安を覚えた哉太は疑わしそうに尋ねた。

筋金入りのお坊ちゃまで自宅には専属の料理人までいる虎次は、手料理どころか厨房《ちゅうぼう》に入ったことすらないだろう。

「まぁ、今は混ぜて焼くだけのキットとかも売ってるけど…」

友聖は苦笑いを浮かべて初心者でも簡単に作れる方法があることを教えてやる。

「二人とも、さっそく材料を買いに行くぞ！」

「ハイハイ」

張り切る虎次に促されて、哉太は友聖と一緒に手作りチョコレートの材料を買いに行くことになった。

虎次が哉太と友聖を引き連れて学園の正門から出ると、風間が当然のように車を横付けにして待っていた。

「お疲れ様です、虎次坊ちゃま」

運転席から降りてきた風間は恭しく頭を下げて後部座席の扉を開けようとする。

「いや、車は出さずともよい」

学園からほど近い新宿のデパ地下に歩いて向かうことになった虎次は、首をフルフルと振って乗車を拒否した。

「えっ？」

「これから買い物に行って友聖の家に寄るから、風間は先に屋敷へ戻っててくれ」

驚いたような顔をする風間に虎次は手短に理由を話す。

「そういうわけには参りません」

風間はとんでもないというように首を横に振った。

総裁選を控えてただでさえ警戒心を強めている時期に、虎次から離れるなんてボディーガードの意味がなくなってしまう。

「ども、宮地友聖です。こないだはお世話様でした」

険しい顔をする風間に友聖が緊張感のない口調で話しかける。

「…こちらこそ、ご迷惑をおかけして申し訳ありませんでした」

その名前と口調に覚えがある風間は、僅かに眉をひそめて挨拶を返した。

端で二人のやりとりを見ながら、騒動の発端でもある哉太は居たたまれない気分にさせられる。

そもそも風間に迷惑をかけたのは哉太で、風間が友聖に謝る必要なんかこれっぽっちもないのに、飼い犬の不始末をご主人様に押しつけてるみたいで心苦しい。

「風間さんて携帯の画面で見るより綺麗ッスね〜」

一見細身で中性的な美しい顔立ちなのに、長身でスーツがよく似合ってる風間に友聖は率直な感想を述べた。

「友聖！」

余計なことを言う友聖に哉太は苛立ったような声を上げる。

「いいから、早く行くぞ」

三人の間の微妙な空気など知ったこっちゃない虎次は、グズグズしている友聖と哉太を急《せ》かすように促した。

「お待ちください。買い物に行かれるなら私もお伴します」

「しかしだな…」

風間の申し出に虎次は困ったような顔をする。

バレンタインデーの贈り物を買いに行くのに風間が同行したら、哉太に不都合ではないかと思う。

「まぁ、ええんちゃう?」

肩を竦めた友聖は哉太に目配せをして同意を求めた。

「うん」

はじめから風間にチョコを贈ることができるとは思ってない哉太はコクンと頷く。

かくして男だらけの一行は、バレンタイン商戦でごった返しているデパ地下に向かうことになった。

エスカレーターで地下二階のフードコーナーにやってきた虎次は、整然と区切られた販売スペースを物珍しげにキョロキョロと見渡す。

「こ、ここがデパ地下か…」

バレンタイン商戦の活気に満ちあふれた店内に虎次は唖然とつぶやいた。

中でも有名なショコラティエの店と製菓材料の店には女性が行列を作っていて、列に並んで買い物などしたことがない虎次は異様な光景に思えてしまう。

「さすがに女の子でいっぱいやなぁ」

手作りチョコレートの特設コーナーに足を運んだ友聖は苦笑いを漏らした。

なにしろ客のほとんどが女性で、男四人の自分たちはその空間から完全に浮いている。

「いくらなんでも人が多すぎるだろ」

哉太は前を行く友聖と虎次の背中を追いかけながらブツブツと文句を言った。

「若虎、アッチで試食やってるみたいやで」

ピンクのエプロン姿の女性店員が、楊枝《ようじ》に刺したトリュフを配っているのを見つけた友聖は虎次を引っ張っていく。

「試食?」

「よろしければどうぞ」

キョトンと首を傾げている虎次に女性店員はニコッと笑ってチョコを差し出した。

「あぁ、いくらだ?」

トリュフを受け取った虎次はポケットから財布を取り出そうとする。

「あっいえ、試食なので…」

「タダなのか!?」

ちょっと困ったような顔をして首を振る女性店員に、カルチャーショックを受けた虎次は心底驚いたような声を出す。

「もしかして若虎、試食もはじめてなん？」

友聖は試食のトリュフをマジマジと眺めている虎次に苦笑いで尋ねた。

「これは食べても大丈夫なのか…」

しまいには疑わしそうにクンクンとニオイを嗅《か》ぎだす始末だ。

「哉太、毒味をしろ」

美味しそうな甘い香りに食欲をそそられた虎次は、まず哉太に食べさせて様子を見ることにする。

「わかったよ」

哉太は呆然としている女性店員の手からトリュフを一粒受け取って、躊躇いなくパクッと口に入れて見せた。

「どうだ？」

モグモグと口を動かしている哉太に虎次はドキドキしながら確認する。

「フツーに美味いけど」

「ヨシ」

哉太の返事にホッとした虎次は手にしていたトリュフを口に運んだ。

「ふむ、なかなか美味しいではないか」

ココアパウダーでコーティングされた小振りなチョコは、外はカリッとしているのに中はフンワリとろける食感がクセになりそうだった。

「これも自分で作れるのか？」

「はい、あちらのスペースで実演もしておりますので」

虎次の問いに試食を担当している女性店員は、少々引きつった笑顔で人だかりが出来ている実演スペースに案内する。

「ほぉ」

素直に実演スペースのほうへ歩いて行く虎次のあとを風間は無言で追っていく。

「毒味て、ホンマに毒が入ってたらどないするつもりや」

そんなはずはないとわかっていても、他人で試すような真似をした虎次に友聖は不快感を示す。

「念のためってだけだし、若虎に悪気はないんだよ」

実演の見学に夢中で友聖の話を聞いてない虎次の代わりに、哉太は肩を竦めてフォローしといてやる。

哉太は虎次の非常識な行動には慣れっこだが、つきあいの浅い友聖には不遜《ふそん》な態度に見えるのかもしれない。

「悪気があったらひっぱたいとるわっ」

さして気にしたふうもない哉太に友聖は憤慨したように吐き捨てた。

友聖にしてみれば、むしろ悪気がないところが恐ろしいというか許せないのだ。

「ンなことしたら風間さんが黙ってないぜぇ」

クスッと笑った哉太は冗談めかして忠告する。

「けどまぁ、好きな人があんだけ若虎にピタッとひっついとったら面白くないわな」

人垣から虎次を守るようにくっついている風間に目をやった友聖は、哉太の心中を察して同情気味に言う。

「だから俺は、若虎も風間さんもまとめて守れるくらい強い男になるのっ」

哉太はふて腐れたように唇を尖らせて反論した。

本当は風間に大事にされている虎次が羨ましくて仕方がないけれど、それが風間の仕事なんだしイチイチ嫉妬してたらキリがない。

むしろ哉太が二人を守ってやるくらいの広い心を持つしかないのだ。

「はぁ？」

「オイ友聖、このトリュフとケーキはどっちが手料理のレベルが上なんだ？」

理解不能とばかりに首を傾げた友聖に虎次が真剣な顔をして問いかけてくる。

「若虎の手作りならどっちでも喜んでくれるんちゃう」

友聖は材料一式がセット販売されているキットを見比べながら答えた。

「そうか？」

雄大の喜ぶ顔を想像して虎次は照れくさそうな顔をする。

「両方買って上手くできたほうを渡せばええやん」

意外と素直というか単純な虎次に友聖はそう言って買い物カゴを渡してやった。

「なるほど」

友聖のアドバイスに虎次は感心したように頷く。

「風間さんも、チョコは手作りのほうが嬉しい？」

二人のやりとりを見ながら哉太はさりげなく尋ねた。

バレンタインなんて女の子向けのイベントだと思っていたけど、楽しそうな虎次を見ていると哉太も便乗したくなってしまう。

「そもそもバレンタインデーというのは恋人たちが愛を誓い合う日ですし、私には縁のないイベントです」

風間は表情ひとつ変えずにキッパリと言い切った。

「そっかぁ…」

あえて突き放すような風間の口調に哉太はシューンとなる。

ホテルで風間を拒んでしまったあの日以来、一定の距離を置かれているのは感じていたが、頑ななまでに心を閉ざしている風間にどう接していいのかわからない。

少なくとも風間に犬として受け入れられていたときは、楽しそうにエッチな意地悪をする風間に泣かされながらも、どこかで心が通っていたような気がしていた。

けれど今は冷たい笑顔のポーカーフェイスに阻《はば》まれて風間の本音が見えなかった。

せっかく風間が恋愛感情を封印している理由がわかったのに、なにもできずにいる自分が情けなくて嫌になる。

「哉太、レジに並んでこれを買ってくるのだ」

イジケたように俯いている哉太に、虎次はそう言って大量の手作りチョコレートの材料が入ったカゴを差し出す。

「俺がぁ？」

レジの行列に目をやった哉太は思いっきり嫌そうな顔をした。

「あかんっ！」

そこへ顔をしかめた友聖がすかさず割り込んでくる。

「混んでるレジに自分で並んで買い物するのも手作りの一環や。面倒を他人に押しつけたりしたら愛情のこもった料理とは言えへんぞ」

「むっ……」

真剣な顔をした友聖にお説教されて、さすがの虎次も怯《ひる》んでしまう。

「彼の言うとおりですよ。さぁ、並びましょう」

ニッコリと笑った風間は虎次の手からカゴを受け取ると、背中を押すようにしてレジのほうへ促した。

「仕方ない…」

ブツブツ言いながらも風間に付き添われてレジに並ぶ虎次の姿に、哉太はギュッと締めつけられるみたいに胸が痛くなった。

見慣れた光景のはずなのに言い様のない疎外感を覚えて涙が溢れそうになる。

「ホンマ世話の焼けるお坊ちゃまやな」

女の子だらけの行列の最後尾についた虎次と風間の後ろ姿を眺めて、思わず苦笑いを浮かべた友聖は同意を求めるように哉太を振り返った。

「哉太、どしたん？」

すると今にも泣き出しそうな哉太と目が合ってギョッとなる。

「あ、俺ちょっとトイレ行ってくる」

慌てた哉太はフイッと視線を逸らして走り出した。

公衆の面前で泣くわけにはいかないし、とりあえずトイレで顔を洗って誤魔化すしかない。

「おー」

いつも元気な哉太が見せた儚げな表情にドギマギしながら頷いた友聖だが、あきらかに普通じゃない哉太を一人にするのはどうかと思う。

「やっぱ俺も行くわ」

心配になった友聖は哉太のあとを追った。

「あれ？　トイレはこっちやで…って、えぇっ!?」

非常階段の脇にあるトイレに真っ直ぐ向かったかと思いきや、あっという間に作業着にキャップを目深《まぶか》に被りマスクをした三人の男に囲まれて、グッタリと力なく膝から崩れ落ちた哉太に友聖は目を見開いた。

しかも哉太を取り囲んだ一人の男の手にはスタンガンが握られている。

哉太がいくら空手の達人だといっても、不意打ちでスタンガンを当てられては反撃できないだろう。

「ちょっ、まさか誘拐ッ!?」

男たちはそのまま哉太をヒョイッと荷物のように担《かつ》いで非常階段を上がっていった。

「えらいこっちゃ…」

慌ててあとを追うように階段を駆け上がりながら、友聖は制服のポケットから携帯を取り出して虎次に発信する。

『もしもし？』

「あんな、今トイレ行こうとしたら哉太が作業着の男たちに誘拐されてんっ」

短いコールで電話に出た虎次に友聖は単刀直入に告げた。

『哉太が誘拐？』

唐突な話が理解できない虎次は緊張感のない声で聞き返してくる。

「いいから風間さんに電話代わってや！」

友聖は虎次では話にならないと言わんばかりに交代を急かすが、声のボリュームが大きかったせいか哉太を攫った男たちに気づかれてしまう。

チラッと友聖の姿を確認した男たちは急いで建物の外に出ると、横付けにしてあったドライバンのコンテナに哉太を押し込んだ。

『もしもし、状況を詳しく説明してください』

電話を代わった風間は友聖を落ち着かせるように冷静な口調で促す。

「なにがなんやらわからへんっ。とりあえず今、待機しとったトラックに哉太が乗せられたから、俺もタクシーで後を追うわっ」

哉太を乗せて今にも走り出しそうな車を見た友聖はパニック気味に告げた。

『哉太くんを乗せた車のナンバーはわかりますか？』

「えっと品川やGQ―DOやっ！」

風間の問いに友聖は目を凝らしてナンバーを読み上げる。

さらに自身もタクシーを拾おうと辺りをキョロキョロするが、大通りに面した正面入口と違って非常階段の出口は一方通行の狭い道路になっていて、タクシーどころか車がほとんど通っていない。

「タクシー！」

仕方なく友聖は多くの車が行き交う大通りに向かって走り出した。

「ウッ！」

しかし男たちに背を向けた途端に後頭部をバチッと火花が散るような激痛が走って、友聖は短い呻き声を上げて意識を手放してしまう。

友聖の手からこぼれ落ちた携帯電話が地面にガシャッと叩きつけられる。

「急げっ」

大柄な友聖を強引に引きずって運んだ男たちは、車のコンテナを開けてグッタリした身体を乱暴に積み込んだ。

車が走り去った現場には壊れた友聖の携帯電話だけが残されていた。


「友聖くんっ!?」

携帯が地面に叩きつけられた衝撃音を最後に友聖からの応答がなくなって、嫌な予感を覚えた風間は緊迫した声で名前を呼んだ。

「どうした？」

風間のただならぬ様子に虎次も心配そうな顔で尋ねる。

「応答が途絶えました…」

眉間に皺を寄せた風間は小さく首を振って虎次に携帯電話を返す。

「なにぃ!?」

ギョッと目を見開く虎次の手を引いて、風間はひとまず人気のないところまで移動してきた。

状況から考えると、哉太ばかりでなく友聖の身にも何らかのトラブルが降りかかったのは確実だ。

狙われたのが虎次ならともかく、誰がなんの目的で哉太をターゲットにしたのか不明だが、時期的に考えて総裁選が絡んでいるとしか思えない。

逸《はや》る気持ちを抑えて手にしていたカゴを地面においた風間は、自らの携帯電話を取りだして馴染《なじ》みの興信所に電話をかける。

「風間です。大至急車両ナンバーから所有者の割り出しをお願いします」

下手に警察へ被害届を出して哉太の身に万一のことがあっては困るし、とにかく今は友聖が残した唯一の手がかりに犯人特定の望みをかけるしかなかった。

「品川、や、GQDOです。トラックなので1ナンバーか4ナンバーだと思います」

風間は祈るような気持ちで車のナンバーを告げた。

「所有者が割り出せたら、すぐに折り返し電話してください」

「犯人は誰なんだ？」

短いやりとりで電話を切った風間に虎次は緊張した面持ちで詰め寄る。

「今調べさせてるところです」

気の短い虎次に風間は口調だけは冷静に答えた。

けれど内心は虎次以上に一刻でも早く犯人を突き止めて哉太の無事を確認したかった。

「大変申し訳ないのですが、買い物は諦めて屋敷に戻ってください」

居ても立ってもいられない風間は神妙に頭を下げて進言する。

「屋敷に？　犯人を追うのではないのか？」

さすがにチョコを手作りしている場合ではないし買い物はどうでもいいが、てっきり風間はすぐにでも犯人を追うつもりでいると思っていた虎次は意外そうに首を傾げた。

「虎次坊ちゃまをお連れするわけには参りませんので」

自ら犯人を追跡するためにはまず虎次の身の安全を確保しなければならない。

「俺が居たら足手まといだとでも言うのか？」

「というより、犯人の本当の狙いは虎次坊ちゃま…いえ、むしろ辰巳先生の総裁選への出馬を妨害することだと思われます」

不服そうな虎次に風間は声を潜めて見解を述べる。

「…わかった」

虎次は悔しそうに唇を噛みしめて頷いた。

本当は虎次だって哉太のことが心配だし風間と一緒に助けに行きたいが、自分が同行することによって風間が自由に動けなくなるのは明白だし、大人しく屋敷で待機しているのがベストな選択だと思う。

「哉太のことは任せたぞっ」

「ハイ」

発破《はっぱ》をかけるような虎次の言葉に風間は力強く返事をした。


意識を失った哉太と友聖が連れてこられたのは港の近くにある倉庫だった。

海陸両方の運送に便利な敷地に建つ倉庫群の周辺には不気味なほどに人影がない。

「んっ…」

ほどなく目を覚ました哉太は薄暗い倉庫の埃《ほこり》っぽさに眉をひそめた。

ボンヤリとした思考のまま身体を起こそうとした哉太は、そこではじめて腕の自由がきかないことに気づく。

「んぅッ!?」

異変に気づいた哉太は声を上げそうになるが、口には猿轡《さるぐつわ》が噛まされておりくぐもったような音が漏れるだけだった。

動揺しながらも哉太はなんとか冷静に状況を把握しようと試みる。

腕が動かないのはロープのような物で後ろ手に縛られているからで、とりあえず足は自由に動かすことができた。

問題はなぜ縛られているのか、誰が自分を攫ったのかということだが、虎次につきあってデパ地下に買い物に行ったところで記憶が途切れている。

ゆっくり周囲を見渡すと、やけに天井が高く広い室内に大量の木箱やコンテナボックスが積まれていて、倉庫のような場所に監禁されていることがわかった。

さらに入口のほうには木箱を椅子代わりにして、見張りをしていると思われる作業服姿の男が四人いた。

足が自由になるので走って逃げられなくもないが、後ろ手に拘束されて腕が使えない状態で、四人もの包囲網を突破するのは困難かもしれない。

他に出入口はないかと哉太は身体を捩って反対方向に目をやった。

「うっ!?」

するとすぐ側に同じく後ろ手に拘束されて猿轡を噛まされた友聖が寝転んでいる。

「うーうー」

意識を失ったままの友聖が心配になった哉太は、腹筋と足の反動で身体を起こして友聖のほうに近づいていく。

顎で肩を揺さぶるようにすると友聖はウッスラと目を開けた。

「ふぅ…？」

まだ状況が把握できていない友聖は不思議そうに哉太の顔を見る。

「ぐっ⁉」

しかし一瞬後には腕を拘束されていることに気づいてギョッと目を見開いた。

友聖はパニック気味に藻掻いて腕の拘束を解こうとするが、頑丈に縛られたロープはびくともしなかった。

「おっ、お坊ちゃまがお目覚めだぜ」

そんな二人のやりとりに気づいた見張り役の男たちが、ニヤニヤと笑いながら近づいてくる。

「ふがっ⁉」

お坊ちゃま呼びに違和感を覚えた哉太はある仮説を思い浮かべた。

もし男の言うお坊ちゃまが虎次のことだとしたら、同じ制服で背格好も似てる哉太を間違えて誘拐した可能性もなくはない。

時期的に辰巳の総裁選への出馬を阻止しようという輩の犯行かと思うが、よく考えたら政治に携わっている人間が虎次の顔を知らないはずがないし、単なる身代金目的の誘拐犯だと考えたほうがよさそうだった。

「安心しろよ。お坊ちゃまもお友達も、用事が済んだらちゃんと家に帰してやるからさ」

険しい顔で思考をめぐらせている哉太に男は猫なで声を出す。

「うーッ！」

まず哉太はお坊ちゃまなどではないということから主張したいが、猿轡のせいで誤解を解くことすらできないのがもどかしい。

そこへガラッと扉の開く音がして、高そうなスーツに派手なネクタイを締めた柄の悪い男が、同じくスーツ姿の男を二人従えて倉庫に入ってきた。

「桐山《きりやま》さん、お疲れ様です！」

作業着の男たちは一斉に頭を下げてスーツの男に挨拶をする。

桐山と呼ばれた男は髪をオールバックに撫でつけた強面で貫禄《かんろく》があり、後ろに従えている男も一人は坊主頭に口髭《くちひげ》で屈強《くっきょう》な体格、もう一人は肩まで伸ばしたロンゲに色眼鏡をかけた長身で、どう見てもカタギではない風格を漂わせていた。

「首尾は上手くいったのか？」

「はい、このとおりです」

桐山の問いに作業服姿の男は勢いよく頷いて哉太の顔を見せる。

「一緒にいた野郎にも気づかれたんで、まとめて攫ってきちまいましたが」

男たちの口ぶりからいって、どうやら哉太たちを見張っていた連中は単なる下《した》っ端《ぱ》の実行犯で、桐山というヤクザが主犯格のようだ。

「あ？」

哉太と目が合った桐山は思いっきり眉間に皺を寄せた。

「…これはどこのガキだ？」

「えっ!?」

ギロッと鋭い目で睨まれた作業服の男たちはオロオロと互いに顔を見合わせる。

「古葉辰巳の次男坊ッスよ！　学校から尾行して、ボディーガードと離れたところを攫ってきたんで間違いありません！」

慌てたように主張する作業服の男に、哉太はあまりにも予想どおりすぎてため息を吐きたくなった。

「間違いありませんだぁ？」

堂々と間違った主張をする男に苛立った桐山はおもむろに横っ面を張り倒した。

「ひっ…」

手加減ナシの平手打ちに男は軽い脳震盪《のうしんとう》を起こしてヨロめいてしまう。

「どう見てもまったくの別人だろうがっ！」

「そんなっ…」

怒りのオーラを身に纏《まと》った桐山の迫力に、他の男たちも心臓を竦み上がらせてガタガタと震え出す。

自分たちが犯した失態の責任をどう取らされるのか考えるだけで恐ろしい。

「オイ南《みなみ》、猿轡を外してやれ」

「はい」

桐山の指示に色眼鏡をかけたロンゲの舎弟《しゃてい》が、哉太の背後に回って口を塞いでいた布を外した。

「ぷはッ…アンタたち何者だっ!?　目的はなんなんだっ!?」

深く息を吸い込んだ哉太はそれまでの鬱憤《うっぷん》をぶつけるように叫んだ。

「それを聞いてどうする？」

「えっ？」

シレッと聞き返してくる桐山に勢いをそがれた哉太は思わず目をパチクリさせる。

いくら人違いとはいえ攫われた哉太にはそれを聞く権利があると思うし、悪巧《わるだく》みを阻止できるならそれに越したことはないと思う。

した。

「その代紋《だいもん》は三宿会《みしゅくかい》の幹部やな」

哉太に続いて猿轡を外された友聖は、桐山がスーツにつけているバッジを見てそう指摘

生まれ育った環境が環境だけに友聖は裏社会に関する知識が長けている。

「どこぞの代議士先生とずいぶん懇意にしてるって聞いたで」

「なんだよ、それ⁉」

なにやら事情を知ってそうな友聖の言葉に哉太は愕然《がくぜん》となった。

政治家が裏でヤクザと繋がってるというのもあり得ないし許せないと思うが、友聖の言う代議士の指示で虎次を誘拐しようとしたのなら、辰巳の総裁選への出馬を阻止する狙いだったという可能性が一気に高まってしまう。

「八神《やがみ》、コイツらを始末しておけ」

スッと目を細めた桐山は坊主頭に口髭の男に抑揚《よくよう》のない口調で命じる。

友聖の指摘どおり桐山は三宿会と癒着している大物政治家の指示で、息子を人質にとって古葉辰巳の総裁選への出馬を辞退させる手はずだったのだ。

それが拉致《らち》に失敗しただけならともかく、赤の他人を攫ってきたうえに、組織の内情を知られたとあってはどんな制裁を受けるかわからない。

となれば二人を秘密裏《ひみつり》に葬《ほうむ》って失敗を隠蔽《いんぺい》するしかなかった。

「わかりました」

八神は顔色ひとつ変えずにコクンと頷く。

「けど桐山さんっ」

まさかの展開に作業服を着た男の一人が慌てたように桐山に詰め寄った。

コトが済んだら無事に返してやる予定だったのが、自分たちのミスのせいで少年たちの命が絶《た》たれるなんて恐ろしすぎる。

「なに、ひと月も遺体が発見されなきゃそれでいい」

なんでもないことのように言う桐山に哉太は戦慄《せんりつ》を覚えた。

哉太は自分の身は自分で守れるくらい強くなると誓ったばかりだし、こんなヤツらに殺されるわけにはいかなかった。

むしろ無事に帰ることができたなら、風間に守ってもらわなくても大丈夫な強い自分を証明できるし、堂々と風間に告白する権利があるというものだ。

「ちょっ、待ってや！　俺の叔父さん、竹山充の顧問弁護士やで⁉」

危機感を覚えた友聖はまるで切り札を出すように自分の立場を主張する。

友聖の言っていた三宿会と懇意にしている代議士というのは竹山のことで、叔父が顧問契約を結んでいる企業の中には当然三宿会の関連会社もあるはずだ。

「だからなんだ？」

遠回しな命乞《いのちご》いに桐山は鬱陶しそうに聞き返した。

「なにって、アンタんとこの組とも関わりあるやろっ？」

義理人情を大切にするヤクザとは思えない桐山の言葉に友聖は食ってかかった。

友聖は暴力団の組長として生きる父親をどこかで軽蔑し距離を置いていたが、母や息子である自分に対する愛情は人一倍大きかったし、武闘派でありながら極道らしい義理人情や礼節を重んじている姿が印象に残っている。

「そんなん俺の知ったこっちゃねーよ」

「へっ⁉」

キッパリと言い放つ桐山に友聖は目を丸くした。

桐山が恐れているのは自分の失態を組の上層部に知られることで、顧問弁護士あたりの親類がどうなろうと関係ないというのが本音だ。

むしろ今回の件を事細かに報告されるほうが不都合だとすら思ってしまう。

「せやったら、俺の親父は関西じゃ名の知れた暴力団の組長やし、俺になんかあったら組のモンが黙ってへんぞっ！」

仕方なく友聖は父親の威《い》を借りて桐山に脅しをかける。

地元にいた頃は父の存在をひた隠しにしていた友聖にとって、権力を笠《かさ》に着るような真似ははじめてだし不本意でもあった。

「ほぉ、どこの組だ？」

次々と裏社会との繋がりを口にする友聖に桐山は面白そうに尋ねた。

「山川組系堂島組《やまかわぐみけいどうじまぐみ》や」

「堂島って去年脱税でパクられてんじゃねーか。つくならもうちっとマシな嘘つけよ」

端《はな》から友聖の話をハッタリだと決めてかかっている桐山は、小馬鹿にしたような口調で笑い飛ばす。

「嘘やないっ！」

カァッとなった友聖はムキになって叫んだ。

たしかに友聖の父親でもある組長は塀の中にいるが、組は解散せず幹部たちが留守を預かって残っている。

いくら愛人の子供とはいえ、母の店には当然組の幹部たちも出入りしていたし、友聖が殺されたとなれば間違いなく三宿会と抗争になるだろう。

「恨むんなら人違いに気づかずに攫ってきたマヌケな舎弟たちを恨むんだな」

口の減らない友聖を脅すように桐山は懐から拳銃を取り出した。

「ゲッ！」

黒光りする凶器に生命の危機を感じた友聖は心臓を竦み上がらせる。

拳銃を見るのは初めてではないが、銃口を向けられるかもしれないという状況は初めての経験だ。

哉太に至っては拳銃を目の当たりにするのだって初めてだし、飛び道具を相手に素手どころか後ろ手に拘束された状態で、どうやったらこのピンチから逃れられるのかわからなかった。

「けど二人とも良い面してるし、シャブ漬けにして変態ジジイに売ったほうがいい金になるんじゃないスか？」

すると二人の側にしゃがんでいた南というロンゲの舎弟が、ただ殺すには惜しいとばかりに提案してくる。

「シャブってまさか、この倉庫に保管されてんの⁉」

密輸という言葉が頭をよぎった友聖は、大量に積まれたコンテナや木箱を見渡して素っ頓狂な声を上げた。

三宿会の配下にある貿易商が大量の荷物に紛れて薬物を不正に輸入し、その不正に大物政治家が手を貸す、もしくは直接手を貸さないまでも不正を見逃すよう税関を操作しているとしたら、見返りに多額の金が動いていることは容易に想像できる。

「お喋りがすぎると命を縮めることになるぞ…」

スッと声のトーンを落とした桐山は友聖の額に銃口を押し当てた。

「ヒッ…」

さすがの友聖も顔面蒼白《がんめんそうはく》になって口を噤《つぐ》む。

「俺、命を助けてもらえるならなんでもするよっ！」

哉太はスッと膝立ちになって桐山の気を引きつけるように言い放った。

「哉太っ⁉」

突然大きな声を出した哉太に友聖は驚いたような声を出す。

「なんでもだって？」

案の定桐山は友聖から銃口を外すと、興味深げに哉太のほうへ寄ってきた。

「なんならアンタのチンチン舐めようか？」

媚びを含んだ視線で桐山を見つめた哉太は猫なで声で持ちかける。

「なに言うてんの⁉」

いくら命が助かったとしても、薬物で人格を崩壊させられては意味がない。むしろ哉太なら、風間以外の誰かに弄ばれるくらいなら死んだ方がマシとでも言いそうなのに、自分から奉仕を申し出るなんて友聖には信じられなかった。

「お前、ウリでもやってたのか？」

男のクセに男を誘惑するような眼差しに桐山は意外そうに尋ねた。

派手な金髪と黒目がちの大きな瞳が印象的な少年は、整った可愛らしい顔立ちをしているが、いかにも健康的で男相手に売春をするようなタイプには見えない。

「犬はやってたけど、ウリなんかしてねーよ」

哉太は心外というように唇を尖らせて言い返す。

「犬？」

「ワンッ」

意味がわからないというように首を傾げた桐山に、哉太は犬になりきって元気よく吠えてやった。

「面白い。だったらソコで素っ裸になってみな」

物珍しさに好奇心が手伝って、男は哉太を試すように命じた。

「でも腕が…」

ようやくめぐってきた腕の拘束を解くチャンスに、哉太は胸を躍らせながらも、わざとらしくなりすぎないように少し困ったような口調でつぶやく。

「オイ、解いてやれ」

「ヘイ」

桐山の指示を受けた南は哉太の背後に回ってロープを解きはじめる。

「ただし、妙な真似しやがったら即あの世行きだぞ」

少し離れた位置から哉太に銃口を向けた桐山は、哉太の腕が完全に自由になる前に釘を刺しておくことも忘れない。

「わかった…」

ギクッとなった哉太は解けたロープの痕が残る手首をさすりながら頷く。

次に哉太が考えなければならないのは、いかにして桐山の手から拳銃を奪うかだった。

いくら身体が自由になったからといって、拳銃を持った相手に素手で立ち向かうのは無謀すぎる。

まずは従順に従うフリをして桐山を油断させて、懐に入ることができれば腕をへし折るなりなんなりして拳銃を奪い、逆に桐山を人質にして倉庫を脱出するしかない。

頭の中で作戦を考えながら哉太はゆっくり詰め襟の制服を脱ぎはじめた。

「男のストリップなんか見ても、面白くもなんともねぇな」

制服の上着とシャツを脱いで上半身裸になった哉太が、今度はズボンのベルトに手をかけたのを見て坊主頭の八神はゲンナリしたように言う。

「俺はソッチの斡旋《あっせん》もやってたんで味見したことあるけど、女とはまた違った感覚でスゲーいいッスよ」

蔑《さげす》んだような目を向ける八神とは対照的に、南は値踏みするような視線でボクサーパンツ一枚になった哉太を眺めている。

実際南が知る少年たちの中でも哉太の身体は群を抜いて綺麗だった。

身長は小さくても顔も小さいので全体のバランスが良く、引き締まった薄い筋肉が少年特有の艶《なま》めかしい身体のラインを醸し出していた。

「パンツも脱ぐ?」

好奇の視線を無視した哉太は冷たい空気に身震いしながら桐山に尋ねる。

いくら屋根がついているとはいえ、真冬に海端の倉庫でパンツ一丁になるのは寒さが堪えた。

「あぁ、犬には必要ないだろ」

ニヤリと笑って頷いた桐山に従って哉太は下着を一気に下ろすと、素っ裸に風間からもらったドッグタグだけを残したあられもない姿になる。

「四つん這いになって尻をコッチに向けろ」

「んっ…」

さらに犬のようなポーズを指示されて、哉太はソロソロと冷たい床に手をついた。

裸を見られること自体は男ばかりだし恥ずかしくもないが、四つん這いになって尻を差し出すような格好を強要されるのはかなり屈辱的だった。

軽口を叩いている八神や南だけでなく、無言で成りゆきを見守っている作業服の男たちの視線も哉太に注がれている。

「ちょっ哉太ぁ…」

床に着いた手をギュッと握りしめて屈辱を堪える哉太に、桐山の隣で哉太の痴態《ちたい》を見せられていた友聖は動揺したような声を出す。

「なんだ、こっちの兄ちゃんもビンビンじゃねーか」

頬を赤くして食い入るように哉太の裸体を見つめている友聖の股間が、窮屈そうにテントを張っていることに気づいた桐山はおかしそうにクッと笑った。

「こ、これは…ッ」

節操のない下半身を指摘された友聖はカァッと赤くなる。

よく動物は死を予感すると本能で種を残そうとするというが、こんな状況でそれを実感させられることになるとは思ってもみなかった。

「手始めにコイツのチンポに奉仕してやれ」

すると桐山は丁度いいとでも言いたげに哉太を手招きで呼び寄せた。

「えっ？」

桐山に接近するために懸命に誘っていたはずが、なぜか友聖を指定されて哉太は戸惑ったように顔を上げる。

「どうした？」

「なんでもない、やるよ…」

できないなんて言ったら即アウトだと感じた哉太は、四つん這いの体勢のまま友聖の足下へ移動してきた。

とりあえず友聖の脇に立っている桐山にも、手を伸ばせば触れられる距離まで寄ることができただけ御《おん》の字だ。

「そんなっ、ウソやろ?」

後ろ手に縛られたまま抵抗できない友聖の身体にのしかかった哉太は、首筋に顔を埋めるようにしながら友聖のズボンのベルトを外しはじめる。

「シッ、アイツら油断させて拳銃奪うから…」

驚いたように身じろぎする友聖の耳元で哉太はソッと囁いた。

「っ!?」

あまりにも無茶で無謀《むぼう》な作戦に友聖は大きく目を見開いてしまう。

哉太が本気で命乞いのために身体を差し出すつもりじゃないとわかったのはいいが、強引に拳銃を奪うような真似をしたら本当に命を落としてしまいかねない。

「そ…んなんせんでも、今に風間さんが助けに来てくれるって…」

自力でピンチを切り抜けようとする哉太とは対照的に、友聖は意識を失って攫われる直前に、風間に車のナンバーを伝えていたことに一縷《いちる》の望みをかけている。

哉太のピンチを知った風間は必ず犯人を割り出す努力をしているはずだ。

風間が助けに来るまでどれくらい時間が掛かるかはわからないが、下手に男たちを刺激せず少しでも長く時間稼ぎをするほうが得策だと思う。

「自分の身は自分で守れるくらい強い男になんねーと、風間さんの側には居られないんだよっ」

しかし哉太は風間の助けを待つのでは意味がないというように首を振った。

「なにコソコソ話してるんだ？」

思わず声のボリュームが大きくなった哉太のこめかみに桐山は銃口を押しつける。

「ハッ！」

桐山の気配に咄嗟に反応した哉太は、頭で考えるより早く左手で桐山の手首を掴んで固定すると、右手の拳を肘の関節に勢いよく打ちつけた。

「つぁっ！」

肘の関節を本来曲がらない方向に打撃された桐山は思わず拳銃を落としてしまう。

ガチャンッと音を立てて地面に転がった拳銃を、哉太はスライディングするようにして拾った。

「このガキッ！」

「動くなっ！　動いたらコイツの命はないぞっ！」

色めきだつ男たちを一喝《いっかつ》した哉太は、桐山の背後に回って左手を脇の下から入れると首を絞めるように羽交い締めして、右手に握った拳銃を桐山のこめかみに当てる。

「哉太ッ！」

アッという間の出来事に一歩も動くことができなかった友聖はギョッと目を見開く。

「俺は本気だぜ」

心配そうな友聖を余所《よそ》に、哉太は一気に臨戦態勢《りんせんたいせい》になった舎弟たちをギロッと睨んで脅しをかけた。

「クッ…」

桐山はなんとか羽交い締めから逃れようと身を捩るが、逆にギリギリと首を絞められて意識が朦朧《もうろう》としてしまう。

小柄な哉太のどこにこんな力があるのかと恐ろしくなる。

「全員壁に手ぇつけよ」

兄貴分を人質に取られて動揺する男たちに哉太は顎をしゃくって命じた。

「甘いな、坊主」

坊主頭の八神はそう言って懐から拳銃を取り出すと、優位に立ったつもりでいる哉太に銃口を向ける。

「拳銃を持ってるのが一人だけとは限らないんだぜ?」

さらに南まで懐から拳銃を取り出してスッと構えた。

「なっ⁉」

哉太に向けられた二丁の拳銃に友聖のほうがサァッと青ざめてしまう。

「だとしても、このオッサンを盾《たて》に至近距離で狙ってる俺のほうが有利なことに変わりはない」

それでも哉太は怯むことなく堂々と言い返した。

桐山を傷つけずに哉太の急所を撃とうとしたら、頭を一発で撃ち抜くくらいの正確さが要求されるはずだ。

「シロウトのお前に引き金を引いて、人を殺す覚悟があるのか？」

理屈でものを言う哉太に八神はフンッと鼻で笑って尋ねる。

「生きて帰るためならなんでもするさ」

まさしく命がけの駆け引きに手に汗を握りながらも、哉太は撃鉄《げきてつ》に指をかけてカチッと下ろした。

もちろん哉太は本気で桐山の命を奪うつもりはない。

人質は生きているからこそ価値があるのだから、このまま桐山を盾にして倉庫を脱出するつもりだった。

「…なんだ？」

その時、張り詰めた空気を切り裂くようなサイレンの音が遠くから聞こえてくる。

ウゥ～ウゥ～という独特な音とリズムは、裏社会に生きる彼らがもっとも嫌う警察車両のものだった。

「まさかサツが嗅ぎつけたのか!?」

「マズイぞっ」

次第に大きくなってくるサイレンの音に作業服の男たちが取り乱しはじめた。

「うぉ、天の助けやっ」

友聖は後ろ手に縛られたままガッツポーズをするように拳をグッと握る。

哉太がサイレンの音に気を取られた一瞬の隙に、桐山は哉太の腹部に渾身《こんしん》のエルボーをくらわせた。

「うグッ！」

裸の鳩尾にモロに肘が入ってしまった哉太は、思わず桐山を拘束している腕を緩めてしまう。

「ひとまずズラかるぞッ！」

羽交い締めから逃れた桐山は舎弟たちに大声で指示を出す。

「逃がすかぁッ！」

哉太は咄嗟に桐山の背後からタックルをかますように飛びついた。

「くっ…このガキッ！」

そのまま哉太と縺《もつ》れるようにズサッと倒れ込んだ桐山は、哉太の手に握られたままの拳銃を奪い返そうとする。

揉み合いの末に哉太に馬乗りになった桐山が拳銃に手をかけたとき、バーンッという発砲音があたりに響き渡った。

暴発した鉛の弾は桐山の頬をかすめて天井を打ち抜いた。

「哉太くんっ！」

と同時に風間が勢いよく倉庫の中に入ってくる。

さらに拳銃を装備した組対四課の刑事と制服姿の警官、合わせて二十名ほどが一斉に突入してきて、三宿会の構成員たちは逃げ場を失ってしまう。

「か…ざ間さんッ!?」

颯爽と登場した風間に哉太は驚いたような声を上げた。

素っ裸で中年の男に馬乗りにされている哉太の姿を目にした風間は、理性を失ったように桐山に掴みかかった。

「ギャッ！」

風間は哉太の上から桐山を引っぺがすと拳で延髄《えんずい》を激しく殴打《おうだ》する。

一撃で白目を剥いて倒れた桐山に哉太は唖然となった。

「大丈夫ですか？」

冷え切った身体をあちこち擦り剥いている哉太に、風間はスーツの上着を掛けてやりながら心配そうに問いかけた。

「なん…で、助けに来んの…？」

風間の温かさに触れた哉太はワナワナと震えながら泣きそうな声でつぶやく。

「えっ？」

予想だにしない反応に風間は返す言葉を失って凍りついた。

「俺は一人でも大丈夫だったのにッ！」

せっかくの計画が狂ってしまった悔しさに哉太は子供っぽい口調で叫んだ。

風間に相応しい男になるために、自分の身は自分で守れると証明しようと命をかけていたはずが、結局風間に助けられてしまったなんてショックが大きすぎる。

「ちょっ、哉太！　なに言うてんねんっ！」

警察官にロープを解いてもらった友聖は、助けてもらっておきながら感謝するどころか文句を言う哉太をたしなめた。

「よろしいですか？」

そこへ組対四課の刑事が割って入ってくる。

「組対四課の神崎《かんざき》です。拳銃を発砲したのは君かな？」

「あ、えと…揉み合いになってるうちに暴発して…」

神崎という刑事の問いに拳銃を握ったままだったことに気づいた哉太は、ゴニョゴニョと言い訳をするように経緯を話した。

とりあえず自分の意思で撃ったんじゃないということだけは主張しておきたい。

「わかりました、詳しい事情は署のほうで聞かせてください」

もちろん哉太に非があるとは思っていない神崎は、コクンと頷いて哉太の手から拳銃を押収する。

「ハイ…」

悪いことをしてなくても警察署に連れて行かれるのは少々複雑な気分だ。

次々と倉庫の外に連行されていく男たちを横目で見ながら、哉太は憂鬱な気分で脱ぎ散らかした服を身につけていった。


無事に保護された哉太と友聖は、風間とは別のパトカーに乗せられて警察署に向かった。

「はぁ…」

いつも風間が運転する車の助手席に座っている哉太は、乗り慣れない後部座席の窓からすっかり暗くなった外の景色を眺めてため息を吐いた。

「せっかく助かったのに、辛気《しんき》くさいため息吐かんといてや」

なぜか浮かない顔をしている哉太に友聖は鬱陶しそうに突っ込む。

「風間さんってやっぱ超強いよなぁ…」

一撃でヤクザの幹部を伸した風間の強さを目の当たりにして、哉太はとてもじゃないが敵わないと思い知らされたのだ。

「そりゃ身体能力も射撃の腕前も超一流だからこそSPに配属されたんだし」

哉太のつぶやきを聞きつけた助手席の神崎は当然とばかりに言う。

「刑事さん、風間さんのこと知ってんの？」

SPだった風間が警視庁に知り合いが居てもおかしくないが、いわゆるマル暴と呼ばれる組織犯罪対策部四課に所属している神崎は、いかにも強面でガタイもよく風間とは正反対のタイプに見えた。

「あぁ、俺とアイツは警察学校の同期だったんだよ」

バックミラー越しに哉太と目を合わせた刑事は懐かしそうに目を細めて教えてやる。

上背《うわぜい》はあるが一見細身で中性的な顔立ちの風間は、警察学校の同期の中でも一際目を引く存在だった。

美しい見た目に反して実技訓練の成績は群を抜いて優秀で、卒業間もなくSPに配属されたのも納得だと誰もが思っていた。

「それがまさか、こんな形で捜査に協力してもらうことになるとはなぁ…」

組対四課に配属された神崎とは捜査で顔を合わせることはなかっただけに、警視庁を辞職した風間と思いがけない形での再会に驚かずにはいられない。

「てか、なんであの倉庫に監禁されてるってわかったんスか?」

感傷に浸る神崎に哉太は素朴な疑問を口にした。

「そんなん俺が哉太を攫った車のナンバーを風間さんに教えたからやろ」

たったひとつの手がかりを残した友聖は得意気に主張する。

「興信所を使ってトラックの所有者を調べたのはいいけど、相手が相手だし風間も自分一人の手には負えないと判断して、警察に協力を要請してきたんじゃないかな」

「いくら元SPっても、警察の捜査に首を突っ込んだりできるん?」

神崎の見解を聞いた友聖は驚いたように尋ねた。

広域指定暴力団の三宿会が関わっているとわかって、国家権力を行使する手段を選んだのは賢明だと思うが、風間は警察に捜査を任せるのではなく一緒に乗り込んできたのだ。

「まさか。今回は警視総監からの指示で特別に許可されたらしいけど、前代未聞の出来事だと思うよ」

苦笑いで肩を竦める神崎に、哉太は古葉辰巳が警視総監と懇意にしていることを思い出す。

「それにしても、銃声を聞いた風間が丸腰で倉庫に突っ込んでったときにはヒヤヒヤしたよ」

情報網を駆使して監禁場所を突き止めた捜査班が倉庫に到着したとき、闇を劈《つんざ》くような銃声が響き渡った。

本来なら機動隊を招集して、倉庫を取り囲んだ後に突入しなければならないのに、なりふり構わず救出に向かった風間には神崎も度肝を抜かれた。

「えっ…」

当たり前の話だが、民間のボディーガードとして雇われている風間には拳銃の所持が許されていない。

「あんなふうに理性を失って暴走する風間ははじめて見たな」

神崎の知る風間はクールでクレバーで、決して感情に流されるタイプではなかった。

「哉太のことが心配でたまらなかったんちゃう?」

意外と情熱的な風間に感心した友聖は、からかうように哉太の脇腹をチョンッと肘でつつく。

「まさか…」

思いがけない話に動揺した哉太は信じられないというように首を振る。

けれど風間が身の危険を顧《かえり》みず自分を助けようとしてくれたと聞いて、本当はスゴク嬉しかった。

風間より強くなって風間に相応しい男になりたい気持ちは変わらないが、甘い感情がこみあげてますます風間のことを好きになってしまう。

「ちゃんと風間さんにお礼言いや」

「…ウン」

友聖に頭を小突《こづ》かれて、まだ自分が風間にお礼を言ってなかったことを思い出した哉太は、恥ずかしそうにコクンと頷いた。

一刻も早く風間にお礼を言って、風間より強くなったら恋人にして欲しいとお願いしたかった。

それまでは犬でもなんでもかまわないから、とにかく風間の側にいさせて欲しい。

改めて風間への想いを強くした哉太は首元のドッグタグをキュッと握りしめる。

ほどなく哉太を乗せたパトカーが警察署に到着すると、無事に救出されたという知らせを受けた両親と祖父が揃って待ち構えていた。

わざわざ駆けつけてくれた家族が涙を流して喜んでいる姿に、哉太は改めて無事に帰って来れて良かったと思う。

と同時に、風間に認めてもらうことばかり考えて無茶をしたことを反省する。

家族との対面をすませた後、哉太は友聖と一緒に事情聴取を受けることになった。

今回の事件に関する報告書を提出し終えた風間は、一人待合室のソファで哉太と友聖の事情聴取が終わるのを待っていた。

「ふぅ…」

気づけば風間は先ほどから何度目かわからないため息を吐いている。

哉太に言い放たれた「一人でも大丈夫だったのに」という言葉と、今にも泣き出しそうな表情が風間の脳裏から離れない。

いつも元気で可愛くて、人懐っこい犬のようにまとわりついてきた哉太が、自分には助けられたくないと思うほど傷つけてしまったことがショックだった。

たしかに風間はここ数日あからさまに哉太と距離を置いていた。

それは恋愛感情を封印していたはずなのに、哉太に対して暴走してしまいそうな自分への冷却期間でもあったのだが、冷たく当たられて哉太が落ち込んでいることに気づいていたはずだ。

そもそも人を愛する資格がないと哉太の告白を拒絶しておきながら、犬でもいいから側にいたいという健気な想いを弄ぶなんて、二重に哉太を傷つけていたことになる。

後悔と自責の念にかられた風間は前髪をクシャッと掻きあげた。

今になって風間は、一途で真っ直ぐな哉太に誤魔化しようがないほど惹かれていたことに気づく。

「待たせたな、風間」

そこへ事情聴取を終えた神崎が、哉太と友聖を連れて待合室に入ってきた。

「あー疲れたわ～」

友聖は長い事情聴取から解放されてホッとしたように両手をあげて伸びをする。

「風間さん…」

まさか風間が待機していると思っていなかった哉太は、少しやつれたような表情をしている風間にドキッとなった。

「お疲れ様です。哉太くんのご家族には、私のほうから先に自宅に戻って休んでもらうように言っておきました」

「ありがとう…」

風間の気遣いに哉太は小さく頷く。

すでに哉太の無事を確認して両親も祖父も安心していたし、勝哉が総裁選の準備で忙しいのは哉太も承知していた。

「もう二人を連れて帰っていいのかな？」

「あぁ、ご苦労さん」

風間の問いに神崎はニコッと笑った。

「お世話になりました」

そのまま待合室を出て行こうとする神崎に哉太はペコッと頭を下げる。

「友聖くんの叔父さんは相手方の弁護につくそうなので、私が家までお送りします」

風間は少し言いにくそうに友聖には迎えの者がいないことを告げた。

「なんやそれ、胸くそ悪いなっ」

思いっきり渋い顔をした友聖は苛立ち紛れに吐き捨てる。

いくら仕事とはいえ可愛い甥っ子を殺そうとした連中の弁護につくなんて、冷たい肉親を持ったものだと思う。

大阪にいる母や刑務所にいる父が駆けつけて来れないのは仕方ないにしても、家族揃って無事を確認しに来た哉太の肉親とは大違いだ。

「あの、俺…」

風間と目が合った哉太はまずはお礼を言おうと口を開く。

「無事でなによりです」

口籠《くちご》もる哉太にフッと目を細めた風間は、心から労《いたわ》りの言葉を口にする。

「ウン…」

優しい風間の口調にはここ最近の冷たさが消えているような気がして、哉太はそれだけで胸がいっぱいになってしまう。

警察署を後にした三人は風間の運転する車で帰路についた。

車の中は奇妙なまでの沈黙が流れていたが、哉太はいつもの風間の助手席に座って、ハンドルを握る風間の美しい横顔を眺めることができるだけで幸せだった。

「なぁ、結局あの連中って若虎を誘拐して、古葉辰巳を総裁選から辞退させるのが目的だったんやろ?」

ゆったりとした後部座席に足を組んで座った友聖は唐突に口を開いた。

「…おそらく」

事件の核心に触れようとする友聖に風間は曖昧《あいまい》な返事をする。

「せやったら黒幕の竹山は逮捕されるん?」

「いえ、今回はあの場にいた三宿会の構成員だけが、未成年略取誘拐と拳銃の不法所持での逮捕ということになるでしょう」

風間は小さく首を振って、政界を巻き込むようなスキャンダルにはならないという見解を述べた。

「そんなんオカシイやろ!」

事件の上っ面だけ捜査してオシマイなんて友聖は納得できなかった。

三宿会と竹山充が裏で繋がっていなければ叔父が弁護につくはずもないし、監禁場所の倉庫を調べれば三宿会が麻薬を密輸しているという証拠も掴めるはずだ。

「そもそも黒幕がいるという証拠すらありませんので」

政治的な犯行声明が出されていたならともかく、身代金の要求すらない状態での逮捕劇では、それ以上追及させてもらえないのは目に見えている。

「わかってるのに目ぇ瞑《つむ》ってるだけやんっ」

友聖には政治家と暴力団の癒着《ゆちゃく》を警察がわざと見過ごしているとしか思えない。

「焦らずとも、辰巳先生が総理大臣になれば情勢が変わるはずです」

苛立ちを露わにする友聖に風間は真剣な口調で告げた。

腐りきった政界の古い体質を変化させることができるのは、古葉辰巳以外にないと風間は思っている。

辰巳は誘拐騒ぎの真っ直中《ただなか》に、二十人の推薦人を集めて総裁選への立候補を表明した。それはどんな嫌がらせや脅しにも屈服しないという辰巳の意思の表れだった。

「ホンマかいな」

どうにも信じられない友聖は胡散臭《うさんくさ》いと言わんばかりに肩を竦める。

「そう考えたら、誘拐されたのが若虎じゃなくて俺でよかったかも」

抜かりのない辰巳に感心しながら哉太はポツリとつぶやいた。

もし本当に誘拐されたのが虎次で、辰巳が立候補を断念せざるを得ない状況になっていたら、日本の未来はどうなってしまうのか考えるだけで恐ろしい。

「私が側でお守りしてる限り、虎次坊ちゃまが誘拐されるような事態はありえません」

たられば で話をする哉太に風間はキッパリと言い放った。

「俺だって自分の身は自分で守れたっつーの！」

哉太は思わずムキになって言い返してしまう。

「なに言うてんねん！　風間さんが助けに来てくれなかったら二人とも殺されとったかもしれんし、逆に哉太が人殺しになっとったかもしれへんぞ！」

無謀な哉太に生きた心地のしなかった友聖は、叱りつけるような口調で現実を思い知らせようとする。

「だって風間さんに守ってもらう必要ないくらい強い男だって証明しないと、風間さんの恋人になれないじゃん！」

「はっ？」

突拍子もないことを言い出した哉太に友聖は思わず目が点になった。

「風間さんが人を愛する資格がないとか言っててんのって、昔の恋人を守れなかったのが原因なんだろ？」

唇を尖らせた哉太は父の話から推測した疑問をぶつける。

「それは…」

恋愛感情を封印するに至った過去を指摘された風間は思わず口籠もってしまう。

「だから、たとえ風間さんが若虎の警護を優先させて俺のこと見捨てても、俺は一人で大丈夫だって証明したかったのっ」

それができなかった悔しさでつい憎まれ口を叩いてしまったが、本当は風間が助けに来てくれて死ぬほど嬉しかったのだ。

「てか俺、若虎も風間さんもまとめて守れるくらい強くなるから！」

風間に守られているうちは恋人にして欲しいなんて言えないと思っている哉太は、改めて気合いを入れて宣言した。

それこそ箱入りの虎次やか弱い女性には不可能でも哉太にならできるはずだ。

「そんなことを考えていたんですか…」

冷たく当たったことで哉太を傷つけて、助けられたくないと思うほど拒絶されていると思っていた風間は、呆れるほど前向きな哉太の決意に唖然となった。

前向きで一生懸命な哉太の言葉を聞いていると、過去の過ちに縛られて人を愛する心を封印していた自分がバカバカしく思える。

「そりゃまだまだ風間さんには敵わないけどさ」

黙り込んでしまった風間に哉太はイジケたようにつぶやく。

「今はまだ世話の焼ける犬かもしんないけど、風間さんから頼りにされるくらい強くなったら、犬じゃなくて恋人に昇格してほしいなって…」

我ながら図々しいと思いつつも哉太は未来の野望を口にせずにはいられない。

「強いとか弱いとか、関係ないですよ」

赤信号で車を停車させた風間は、助手席で頬を赤くしている哉太にキッパリと告げた。

「えっ？」

柔らかい笑顔の風間と目が合った哉太はドキッと心臓を高鳴らせてしまう。

「私はありのままの哉太くんが好きなんですから」

風間はこみ上げてくる甘い感情のまま哉太の大きな瞳を見つめると、偽りのない感情を口にする。

「えっと、それってどういう…」

あまりにも突然の告白に哉太の思考回路がついていかない。

好きにも色々あるし、下手に期待してガッカリさせられるのも嫌だった。

「哉太くんの笑顔も泣き顔も、コロコロ変わる表情すべてが愛おしくて、本当はずっと哉太くんのすべてを独占したいと思っていました」

戸惑ったような表情を見せる哉太に、風間は過去の自分を振り返って苦笑いを漏らす。

哉太の告白を断ったあの日、犬になって奉仕したいと申し出る哉太の、大きな瞳に涙をいっぱい溜めて快感を堪える姿が可愛すぎて、一人エッチすら禁止させて哉太を自分だけのものにしようと思ったのだ。

「それなのに自分自身の感情は封印したまま、犬でもいいから側にいたいという哉太くんの想いを利用して…」

「ううんっ！　風間さんの犬にしてもらえて嬉しかったしっ！」

懺悔《ざんげ》をするように目を伏せた風間に哉太は慌ててブンブンと首を振る。

「哉太くんは今のままでも充分私より強いですよ」

全然気にしてないとでも言いたげな哉太に風間は感心したように言ってやった。

「俺がぁ？」

とてもそうは思えない哉太は目をパチクリさせた。

「前向きで、真っ直ぐで、キラキラ輝いてて眩《まぶ》しいくらいです」

「そ、そっかな…」

それが強さとどう関係あるのかはわからないが、風間に誉められるのは嬉しくて哉太は頬が緩んでしまう。

「要するに哉太は精神的にタフっちゅーか、ハートが強いって言いたいんちゃう？」

風間の言いたいことがわかってなさそうな哉太に友聖は思わず横から口を挟んだ。

「ハート？」

哉太にしてみれば自分はただ欲望に忠実なだけという気がしなくもない。

「私は人を愛する資格がないなどと嘯《うそぶ》きながら、自分の感情と向き合うことから逃げていました」

首を傾げている哉太に風間は自らの過ちを告白する。

愛する人を傷つけるのが怖くて、愛する人を守れない自分が情けなくて悔しくて、恋愛感情を封印したつもりでいながら風間は哉太に強く惹かれていた。

「風間さん…」

はじめて聞く風間の本音に哉太は驚いたような顔をする。

「でも、哉太くんの真っ直ぐな想いからは逃げたくありません」

風間も哉太を見習って前向きに真っ直ぐに哉太の想いを受け止めたいと思う。

倉庫の中から銃声が聞こえてきたとき、哉太を失いたくないと思った風間は神崎の制止を振り切って、一人倉庫の中に飛び込んでいった。

決して誉められた行為ではないが、本能に突き動かされて身体が勝手に動いたのだ。

頭で考えるより身体が先に答えを出している。

「じゃあ…」

「好きです、哉太くん。私の恋人になってください」

ニコッと笑って頷いた風間は改めて哉太に申し出た。

「なるっ！　俺も風間さんのこと大好きっ！」

感情を抑えきれなくなった哉太は、助手席から身を乗り出して風間の首にギュッと抱きつく。

風間のほうから告白してくれるなんて嬉しすぎて天にも昇る気持ちだった。

「風間さん、信号変わっとるで」

完全に二人の世界に入ってしまった哉太と風間に、友聖は呆れたように突っ込んだ。

「ほら、このままじゃ運転できませんよ」

「うー…」

クスッと笑った風間に優しく諭されて哉太はシブシブと身体を離す。

「ったく、イチャイチャすんなら俺がいなくなってからにしてほしいわ」

笑顔で車を発進させた風間に友聖はふて腐れたように文句を言う。

潔く身を引いたとはいえ、哉太は友聖にとって初恋の相手だし、風間さえいなければ本気でオトしたいと思える相手だったのだ。

「あー、やっぱチョコ買っとけばよかったなぁ」

友聖の複雑な男心など気にもとめてない哉太は、日付が変わってバレンタインデーに突入したことに気づいて悔しそうにつぶやいた。

「せやからチョコの代わりに哉太を食べてもらえばええやん」

チョコなんかよりソッチが本命だと思っている友聖は肩を竦めて言ってやる。

「むしろ俺が風間さん食べたいんですけどぉ」

哉太はそう言ってハンドルを握る風間にチラッと視線をやった。

「チンチンの一本や二本突っ込まれても平気なんやろ？」

「それは両想いになる前だったし、既成事実が欲しかったから…」

たしかに哉太は既成事実を作るためなら風間に抱かれてもいいと思ったが、正真正銘両想いの恋人になった今となっては、条件は対等なんだし哉太が挿れる側でもなんら問題ないはずだ。

「裸んなってヤクザの幹部を誘惑した度胸はどこいったんや」

意気地のないことを言う哉太に友聖は発破をかける。

「誘惑…？」

聞き捨てならない言葉に風間はピクッと反応した。

「違うっ、アレは敵を油断させる作戦だからっ」

眉をひそめる風間に気づいた哉太は、誤解されてはたまらないとばかりに慌てて説明する。

「そういえば、私たちが乗り込んでいったとき哉太くんは裸でしたね」

とにかく命が無事だったことに安心して、ソコには深く突っ込まなかったが、無理矢理脱がされたのではなく自ら進んで脱いだとなれば話は別だ。

「それはシャブ漬けにして変態ジジイに売るって言われて、拳銃で脅されて仕方なく脱いだだけで、自分から好き好んで裸になったワケじゃないってば！」

哉太は少々支離滅裂気味ながらも必死で裸になるに至った経緯を話す。

「命を助けてもらえるならなんでもする言うて、自分からチンチン舐めようとしたやん」

自分に都合の悪い部分は隠そうとする哉太に友聖は意地悪く告げ口をした。

「だから作戦だろっ！」

哉太は余計なことを言う友聖にキーッとなって叫んだ。

「要するに色仕掛けですか…」

作戦とはいえ哉太が自分以外の男に奉仕しようとしたなんて、風間としては面白くないし許し難い事実だった。

「オマケに俺のチンチン撫でながら、耳元で甘い声で囁いてくれたよなぁ」

さらに友聖は少し大袈裟に話を盛って風間の怒りを煽る。

「友聖こそ、あの状況で節操なくチンチン勃ててたクセに！」

カァッとなった哉太は、友聖の恥ずかしい秘密を暴露するつもりで余計なことまで言ってしまう。

「哉太くん…」

あからさまに不機嫌になった風間は低い声で哉太の名前を呼んだ。

「違うからっ！　俺の心も身体も全部風間さんだけのものだって！」

怒りを含んだ声にギクッとなった哉太は、泣きそうになりながら潔白を主張する。

「それは屋敷に戻ってからジックリ調べることにしましょう」

「ふぇっ!?」

なにをどうやって調べるつもりなのか恐ろしくなった哉太は大きく目を見開いた。

「そうそう、私以外の男に肌を晒したお仕置きもしなくてはいけませんね」

怯える哉太に風間はニコッと笑ってつけ加える。

「お仕置きって…?」

哉太はヒクッと頬を引きつらせて風間の顔色を窺う。

過去に何度もお仕置きで泣かされている哉太は、風間を怒らせると怖いことは百も承知だった。

「もちろん、大人のお仕置きです。今日は哉太くんが泣いてもヤメないんで、既成事実も作れちゃいますよ」

風間は遠回しに哉太のバックバージンをいただくつもりだと宣告しておく。

「そ…な……」

恐ろしいことをサラッと言う風間に哉太は凍りついた。

「よかったやん」

「よくない!」

ノンキな友聖に哉太は憤慨したように叫んだ。

「初エッチは夜景が綺麗なホテルで、夜景より風間さんのほうが綺麗だよとかなんとか言いながら、恥じらう風間さんを優しく押し倒したかったのに〜」

叶わぬ夢となってしまったシチュエーションを、哉太は芝居掛かった口調で切々と訴える。

「やっすい妄想やなぁ」

現実逃避に走る哉太を友聖はフンッと鼻で笑い飛ばした。

友聖を叔父が所有するマンションに送り届けた風間は、哉太を連れて古葉の屋敷に帰宅した。

屋敷の主である辰巳は総裁選への出馬が決まり事務所のほうへ出払っている。

「ただいま戻りました」

「哉太っ！」

恭しく頭を下げた風間と一緒に部屋を訪れた哉太に、厳重な警備が敷かれた屋敷から一歩も出ることが許されなかった虎次は、珍しく必死な形相で駆け寄ってきた。

哉太が人違いで攫われた可能性が高かっただけに、さすがの虎次も心配でたまらなかったようだ。

「とにかく無事で良かったな」

虎次と一緒に部屋で待機していた雄大も元気そうな哉太に安堵する。

「心配かけてゴメン」

二人の意外なリアクションに哉太は少々バツの悪そうな顔をして謝った。

哉太自身は攫われたのが虎次じゃなくて良かったと思っていたが、想像以上に大勢の人が心配してくれていたとわかって申し訳なくも嬉しく思う。

「まったくだ」

なぜか照れ笑いを浮かべる哉太に虎次は偉そうに腕を組んで頷いた。

「雄大、アレを持ってこい」

「ハイハイ」

尊大な口調で命じる虎次に肩を竦めた雄大は、押し入れの中からジュラルミン素材のアタッシュケースを取り出して哉太に手渡してやる。

「なに？」

小振りなアタッシュケースを押しつけられた哉太はキョトンとなった。

「開けてみろ」

フッと笑った虎次に促されてアタッシュケースを開けると、中には金色がかった茶色の毛でできた犬耳のカチューシャと、フンワリとした毛並みの尻尾が入っていた。

「って、コスプレグッズじゃん！」

予想もしてなかった中身に哉太は思わずズッコケそうになる。

虎次は雄大にもよく犬耳と尻尾をつけてコスプレさせているが、おかしな趣味に巻き込まれるのは勘弁願いたかった。

「哉太は犬としての自覚が足りないから飼い主とはぐれたりするのだ」

どうやら虎次は今回の件をそんなふうに分析したらしい。

「せっかくだけど、俺は風間さんの犬から恋人に昇格したから」

突拍子もない虎次の発想に呆れつつも哉太はアタッシュケースを突っ返そうとする。

「だからなんだ」

虎次は哉太がなにを言いたいのかわからないというように首を傾げた。

「へっ!?」

「風間は恋人になったからといって、一度飼った犬を捨てるような男ではないぞ」

目をパチクリさせる哉太に虎次は真剣な顔をして告げる。

虎次にとって犬とは主従関係にありながら一生側に置いて寵愛《ちょうあい》するべき存在で、恋人として肉体関係で結ばれようと別次元の存在だった。

「いや、だから…」

哉太としては、恋人にしてもらえないならせめて犬として側にいさせてほしいと思っただけで、恋人にしてもらえるなら犬である必要もないのだ。

「それとも、犬のクセに飼い主を捨てるつもりか？」

とても従順な犬とは思えない哉太の態度に虎次は憤慨したように問いただす。

「哉太くんに似合いそうな毛色ですね」

二人のやりとりにクスッと笑った風間は、そう言って哉太の手からアタッシュケースを取り上げた。

「あぁ、哉太のためにわざわざ誂《あつら》えさせたからな」

風間の感想に気をよくした虎次は恩着せがましく言う。

小柄で黒目がちな大きな瞳が印象的な哉太のイメージに合わせて、ロングコートチワワをモチーフにした耳と尻尾を用意したのだ。

それは風間となかなか最後の一線を越えることができずにいる哉太への、虎次からのとっておきのプレゼントだった。

「ん？　これは…」

フワフワの尻尾をヒョイッと摘《つま》みあげた風間は、根本にシリコンでできたイルカのような形の器具がくっついてることに気づく。

「この部分を尻の穴に挿れると、本当に尻尾が生えてるみたいに見えるぞ」

悪代官のようにニヤリと笑った虎次は風間に尻尾の楽しみ方を伝授してやる。

「俺そんなのつけるのヤダからなっ！」

尻尾がいわゆる大人のオモチャになっていることを知った哉太は、思いっきり拒絶反応を示して叫んだ。

普段雄大がつけている尻尾は、ズボンのベルト通しに装着できるようになってるタイプなのに、アダルトグッズに改造する意味がわからなかった。

「哉太くんが嫌がってくれたほうが、お仕置きになっていいかもしれませんね」

「うぇッ!?」

ニッコリと笑って恐ろしいことを言う風間に哉太は信じられないという顔をする。

「ありがたく使わせていただきます」

虎次に向き直った風間は大事そうにアタッシュケースを閉じて感謝の言葉を述べた。

「躾は最初が肝心だからな」

「はい」

同じく人を犬として飼っている先輩として得意気にアドバイスをしてくる虎次に、風間はニコニコと笑顔のまま頷く。

「行きますよ、哉太くん」

風間は愕然としている哉太を自室に連れて行こうと手を差し伸べる。

「ヤダッ！」

ハッとなった哉太は咄嗟にサッと雄大の後ろに隠れてしまう。

「雄大！　哉太を庇い立てするつもりか⁉」

なぜか哉太の盾になっている雄大に虎次は苛立ったような声を上げた。

「ンなつもりねーよ」

哉太を庇うつもりなど微塵《みじん》もない雄大は、誤解されては面倒だとばかりに哉太の首根っこを掴んで風間の前に差し出す。

「奥菜先生の薄情者っ！」

唯一味方になってくれそうな雄大にまで見放されて、哉太は思わず八つ当たりをしてしまう。

「哉太くん…」

風間は怒りを含んだ声で哉太の名前を呼ぶと問答無用《もんどうむよう》で哉太の腰をガシッと掴んだ。

「ヒッ」

そのまま荷物のように持ち上げられて視界が反転した哉太は、地面から浮き上がった足をジタバタと動かして暴れる。

「それでは、失礼いたします」

哉太の抵抗など物ともせず、風間はペコッと一礼してから虎次の部屋をあとにした。

「頑張れよ〜」

強制連行されていく哉太に雄大は苦笑いでエールを送ってやった。

「ちょっ、下ろして風間さんっ」

すぐ隣にある風間の私室に運ばれた哉太は、地面に足が着かない心許《こころもと》なさから情けない声で懇願する。

「わっ…」

風間は畳の床に哉太を下ろすと覆い被さるようにして強引に唇を重ねた。

「ん…ふぅッ…」

いきなりのキスに動揺しながらも、舌を絡め取るように深く口づけられた哉太はウットリしてしまう。

荒々しいほど情熱的なキスはいつもクールな風間からは想像もつかない。

「はぁ…もっとぉ…」

キスの合間に哉太は鼻に抜けるような甘ったるい声で懇願する。

「舌を出して」

「んっ」

風間に促されるまま哉太は薄く開いた唇の隙間からオズオズと舌を差し出した。

ヌルヌルとした舌先を擦り合わせるように動かしてから、風間はおもむろに哉太の舌を前歯で甘噛みしてやった。

「ふぁっ」

敏感な舌先にビリッと痺れるような快感が走って、哉太は思わず驚いたように舌を引っ込める。

「引っ込めちゃダメですよ」

風間はそう言って促すように哉太の唾液で滑った唇をチロチロと舐めた。

「らって…」

まだ舌先が甘く痺れている哉太はヘニョッと眉を下げて言い訳しようとする。

「言うことを聞けないならキスはオアズケです」

意気地のない哉太に風間は冷たく言い放って身体を離すと、先ほど虎次から受け取ったアタッシュケースをパカッと開いた。

「そんなぁ…」

「お仕置きが終わったら、好きなだけさせてあげますよ」

ションボリしている哉太に風間はクスッと笑って犬耳のカチューシャを取り出すと、頭の上にのせて毛並みを指でチョイチョイと整えてやる。

「うぅ…」

お仕置きと言われてしまっては逆らうこともできない哉太は、不満そうな目で風間を見上げながら唸り声を上げた。

「よく似合うじゃないですか」

風間はクスッと笑って哉太の頭をヨシヨシと撫でてやった。

黒目がちな大きな瞳に犬耳が相まって、本当に可愛らしい小型犬のようだ。

「似合っても嬉しくない」

誉められてるのに複雑な気分に陥った哉太は膨れっ面で口を尖らせる。

「次は尻尾ですね」

そんな哉太にはかまわず風間はサクサクと哉太の制服の前合わせを開いてしまう。

「あっ、じ…自分で脱ぐから…」

さらにシャツのボタンを上からひとつずつ外していく風間に、居たたまれない気分になった哉太は動揺気味に申し出た。

「他人に脱がせてもらうほうが恥ずかしいですか？」

「ン…」

風間の問いに頬を赤らめた哉太は素直にコクンと頷く。

「じゃあ私が脱がせてあげます」

バカ正直な哉太に褒美を与えるように、広い額にチュッと音を立ててキスを落とした風間は、はだけたシャツを腕から抜いてあっさり上半身裸にしてしまった。

「なんでっ⁉」

楽しそうにワザと嫌がることをする風間に哉太はショックを受ける。

「恥ずかしがってる哉太くんが可愛いからです」

風間はシレッと言い放って哉太のズボンのベルトを外した。

「脱がせやすいようにお尻を浮かせて」

「あぅ」

そのまま抵抗する間もなくズボンと下着を一緒くたにズリ下ろされて、哉太はスッポンポンに犬耳とドッグタグだけというあられもない姿にされてしまった。

仰向けになっている哉太の股間でペニスが重力に逆らってそそり立っている。

「裸になっただけでこんなにして、はしたないですよ」

ソコだけ別の生き物のようにピクピクと揺れている哉太の分身を、風間は意地悪く指で弾《はじ》いた。

「これは、その…」

カァッと赤くなった哉太は両手でペニスを包み込むようにして押さえ込もうとする。

「手で隠すのは禁止です」

風間はそう言って哉太の手首を掴むと強引に股間から退かしてしまう。

「私以外の男の前で肌を晒したときも、こんなふうに反応しちゃってたんですか？」

ギンギンに勃起して血管を浮き上がらせているペニスを眺めながら、風間は素朴な疑問を口にした。

「してないっ！」

哉太は必死でブンブンと首を振って否定する。

「てかコレは風間さんに見られてるって思うから興奮するだけで、他のヤツに見られてもピクリとも反応しねーよ！」

露出趣味があるならともかく、哉太は誰に視姦《しかん》されても興奮できるわけじゃない。

「では裸になって、なにをさせられたんですか？」

風間は焦《じ》らすように哉太の太股をサワサワと撫でながら問いかけた。

「友聖に奉仕しろって言われたけど、ベルト外すフリしただけで頭に拳銃突きつけられたから…拳銃奪って暴れて、そしたらパトカーの音が聞こえてきて…」

くすぐったいような感覚を堪えながら、哉太はシドロモドロに状況を説明しようと試みる。

端折《はしょ》りすぎでイマイチ状況が伝わってこないが、危機一髪のタイミングで救出に駆けつけることができたことは風間にもわかった。

ただ少しでも突入が遅れていたらどうなっていたかと思うと眉間に皺が寄ってしまう。

「だからホントになんにもしてないって信じてよっ！」

険《けわ》しい顔をしている風間に哉太は声を荒らげて訴えた。

「本当になにもしてないか検査をするので、四つん這いになってください」

それでも風間は厳しい声を装って哉太に命じる。

とりあえずなにもしてないことはわかっても、哉太が二度と危険な真似をしないように躾けることが大事なのだ。

「あーうー」

四つん這いになって検査されるのが尻の穴だろうと予想できるだけに、はいどうぞと差し出すのには抵抗があった。

「出来ないのですか？」

「やるよっ」

ヒョイッと片方の眉を吊り上げて尋ねてくる風間に哉太は焦ったように従う。

出来ないなんて言おうものなら風間の怒りに火をつけかねない。

素早く四つん這いの体勢になった哉太の背後に回った風間は、両手で尻タブを掴んで左右にグイッと開くようにする。

「うん、入口も綺麗だし弄られた形跡もありませんね」

風間がそう言って薄いピンク色をした蕾《つぼみ》を親指でくすぐるように撫でると、ビクッとなった哉太は括約筋《かつやくきん》を収縮させた。

「そのまま力を抜いてください」

誘うようにヒクヒクと蠢いている後孔に風間は唇を近づけていく。

「ひぁっ…なにぃッ？」

入口の襞をネットリと湿った感触が襲って哉太は上擦ったような声を上げる。

「や…舐めちゃ…あぅっ！」

なおも双丘《そうきゅう》の割れ目に沿って舌を這わせる風間に、無意識に後孔をキュウッと窄めた哉太は泣きそうになって訴えた。

「窄めるんじゃなくて緩めるんですよ」

風間は侵入を拒むように閉じている入口を舌先でツンツンとつつきながら指示を出す。

「で…きないっ」

緩めたら舌が体内に侵入してきそうで哉太はますます頑なに力を入れてしまう。

誰よりも綺麗で清らかなイメージがある風間に、尻の穴を見られるだけで死ぬほど恥ずかしいのに、尻の穴を穿《ほじく》られるなんてトンデモナイという感じだ。

「この間だって、ちゃんとココで感じてたじゃないですか」

仕方なく風間は哉太の前に手を回して竿を握るとユルユルと扱いてやった。

「ダッ！　あぁっ！」

ペニスに与えられる快感に気を取られた隙に尖らせた舌がツプッと侵入してきて、異物感に驚いた哉太はビクッと背を仰け反らせる。

「やぁ…ン…」

入口の浅い部分を解すように何度も舌を出し入れされると、ムズムズするようなもどかしい快感が哉太を襲う。

「ゆっくり挿れますよ…」

唾液で濡れそぼった後孔から唇を離した風間は、尻尾を手にしてイルカのような形をしたプラグの先端を哉太の入口に当てた。

「ひぎっ!」

慌てる哉太にはかまわず風間は狭い穴をこじ開けるようにグッと先端をめり込ませる。

「クゥ…ンッ…」

親指ほどの大きさのプラグは指や舌とは違って温かみはないが、適度な硬さと身体に沿ったカーブで思ったよりスムーズに奥に入っていく。

「結構すんなり挿るものですね…」

風間は感心したように言いながらプラグを根本まで押し込んだ。

そうすると本当に哉太の尻から尻尾が生えているみたいでキュンとくる。

「動かしちゃ…やぁッ!」

思わずフサフサの尻尾を揺らすように撫でた風間に、プラグの先端に前立腺を刺激されている哉太はガクガクと痙攣しながら首を振った。

「自分で尻尾をフリフリしてみてください」

「無理ぃッ！」

尻尾が揺れるだけで強烈な刺激が前立腺からペニスに伝わるのに、自分で尻を振るような真似はできっこない。

「コッチはプルプル揺れてますよ」

前立腺への刺激に連動するように頭を擡《もた》げているペニスに指を絡めた風間は、蜜を垂らしている先端のくぼみを爪でカリッと引っ掻いた。

「あっ…先っぽはぁ…ッ！」

敏感な先端に強い刺激を与えられて哉太は射精感がこみ上げてくる。

「ダメだ…って！　あうっ！」

無意識に腰を揺らして身悶える哉太にぶら下がっている尻尾もフリフリと揺れて、風間は嬉しそうに先端を指で捏《こ》ねくり回す。

「イッちゃ…あーッ！」

続けざまに強い快感の波に襲われた哉太は、ビクビクと痙攣しながら風間の手の中に精を解き放ってしまう。

「…いくらなんでも早くないですか？」

白濁した生温かい体液が滴っている手のひらを眺めて風間は苦笑いを漏らした。

「だって、ずっと弄ってなかったから…」

我ながら堪え性がなくて情けないと思うが、溜まりに溜まった状態で風間に触られては我慢なんかできるはずもない。

「ずっと？　まさか、ずっと一人エッチ我慢してたんじゃないですよね？」

「我慢してちゃ悪いかよ！」

驚いたように尋ねてくる風間を振り返った哉太はキレ気味に言い返した。

「風間さんが禁止って言うからずっと我慢してたのに、いきなり解禁とか言われても虚しくてやってられっかってーのっ！」

風間の言いつけを守って禁欲することが犬として忠誠の証だった哉太は、オナニーをすることで風間に捨てられてしまうような気がしていたのだ。

「たしかに溜まってる味がします」

風間はおもむろにペロリと手のひらの精液を舐め取って納得したように言う。

「って、どんな味!?」

ザーメンの味など区別がつかない哉太は目をパチクリさせる。

「自分で舐めて確かめてみてください」

クスッと笑った風間は哉太自身が放った体液で濡れている手を顔の前に差し出した。

「できるかっ！」

風間のならともかく自分のザーメンを舐めるなんて考えたくもない。

「哉太くんが汚したんだから、自分で始末するのは当然でしょう？」

思わず顔を背けた哉太に風間は意地悪く言うと、無理矢理唇をこじ開けるように指をねじ込もうとする。

「うぅ…」

「綺麗にできたら、今度は哉太くんのを舐めてイカセてあげます」

イヤイヤをするように首を振る哉太に風間は甘い誘惑を持ちかけた。

「それってフェラチオしてくれるってこと!?」

途端に哉太は目を輝かせて食いついてくる。

風間にお口で奉仕したことはあるし、風間の手や足で擦ってイカセてもらったこともあるが、フェラチオはまだしてもらったことがないだけに魅力的だった。

「まだまだ出したりないんじゃありませんか？」

欲望に忠実な哉太に風間は甘い声で問いかけた。

「出したいっ！」

大きく頷いた哉太は覚悟を決めて風間の手のひらに舌を近づける。

「うぇっ…」

独特な青臭いニオイに顔をしかめながらも、哉太は懸命に舌を這わせて滑《ぬめ》った液体を舐め取っていく。

一心不乱に指をペロペロと舐める哉太の仕草は、飼い犬が親愛の情を示しているみたいでなんとも可愛らしい。

「綺麗になった…」

白濁した精液をすべて舐め終えた哉太は上目遣いで訴えた。

「よくできました」

「へへ…」

誉められて嬉しそうな顔をする哉太の頭を風間はクシャクシャッと頭を撫でてやった。

「では布団を敷きますので、お座りをして待っていてください」

風間は哉太にそう言いつけてから押し入れを開けると、布団を出して畳の上に敷いていく。

風間の指示どおり畳の床に正座して座ろうとした哉太だが、尻尾のプラグが圧迫されるので中腰の中途半端な姿勢になってしまう。

オマケにわざわざ布団を敷かれると、これからもっとエッチなことをするんだという期待と緊張で心臓が高鳴ってくる。

「さぁ、布団の上に仰向けになって」

布団を敷き終えた風間は手招きで哉太を呼び寄せた。

「こ、こぉ？」

哉太はギクシャクとした足取りで布団の上に移動すると、足を真っ直ぐに伸ばして仰向けになった。

「そうじゃなくて、膝の裏に手を入れて足を大きく開くんですよ」

小さく首を振った風間は哉太に恥ずかしいポーズを要求する。

「なっ、それは…」

赤ちゃんがおしめを替えるような格好を想像した哉太は思わず拒絶反応を示す。

「舐めて欲しくないならいいですけど」

素直に従おうとしない哉太に風間は冷たく言い放った。

恥ずかしい格好をするのは嫌だけど、風間にフェラチオをしてもらえないのはもっと嫌な哉太は、すかさず膝の裏に手を入れて風間に差し出すように大きく開いた。

「早くぅ…」

それだけで哉太は興奮してムクムクと性器が勃ちあがってくる。

「犬が仰向けになってお腹を見せるのは、服従のポーズだって知ってましたか？」

従順な哉太に風間は満足そうな笑みを浮かべて問いかけた。

羞恥に反応して硬くなるペニスも、禁欲生活が長くてパンパンに張っている重そうな睾丸も、プラグが挿入されて尻尾が垂れている後孔も、すべてを晒して頬を紅潮させている哉太が風間は愛しくてたまらない。

「あぅっ」

大きく広げた足の間に身体を入れた風間にペニスを握られて、哉太は上擦ったような声を上げる。

「イッたばかりなのにもうこんなにして…」

風間はそう言って先走りの液体をダラダラと溢れさせているペニスを舐めあげた。

「あっはぁ…ンッ！」

温かく滑った舌の感触にペニスがトロけそうになった哉太は、甘い声を上げて身悶えてしまう。

「ソコッ…やぁ…ッ！」

さらに敏感な鈴口を舌でチロチロされて哉太の下半身に血液が集中していく。

「哉太くんは先っぽが弱いんですよね」

パサパサと頭を振る哉太にニヤリと笑った風間はペニスをスッポリと口に含んだ。

「あんっ！」

口内を窄めるようにしてペニスを扱かれると、哉太はあまりの快感にジッとしていられず腰をガクガクと浮かせた。

しかも腰を揺らすたびに後孔に埋まっているプラグが前立腺を刺激して、快感が何倍にも膨れあがるのだ。

「ヤッ…またイキそっ…」

一気に絶頂に追い上げられた哉太は限界が近いことを訴える。

「まだ待てですよ」

ペニスから一端口を離した風間は哉太に我慢を強いると、裏筋を舌でなぞってやりながらカリの部分を指でくすぐるように撫でた。

「あっ…クゥ…んっ！　あぁっ！」

なんとか射精感を堪えようと哉太は歯を食いしばるが、風間の指や舌が触れる部分が熱くて切なくてもう限界だった。

「も…ダメッ！　イクゥッ！」

再び根本まで哉太を銜えた風間は、トドメを刺すようにペニスを上顎と舌で挟むと激しく律動させる。

「あ――ッ！」

経験したことがないほど高い絶頂感に、哉太は悲鳴のような声をあげながら風間の喉の奥に熱い飛沫《ひまつ》を叩きつけた。

勢いよく流れ込んできた体液を風間は喉を鳴らして飲み込んだ。

「イッていいなんて言ってないのに、哉太くんは待てもできないんですか？」

最後の一滴まで飲み干してから唇を離した風間は、大きく胸を上下させて荒い呼吸を整えている哉太にわざとらしく言う。

「だって、スッゲー気持ちよかったから…」

哉太はほとんど放心気味に言い訳にもならない理由を口にする。

「これじゃあ全然お仕置きになりませんね」

「ゴメンナサイ…」

呆れたように肩を竦めた風間に哉太はシューンと謝った。

「謝っても許しません。斯《か》くなる上は、哉太くんのバックバージンをいただくことにします」

むしろそれが目的だった風間は芝居がかった口調で宣告した。

「…ウン」

動揺の色を浮かべながらも哉太は小さく頷く。

「いいんですか？」

てっきり拒絶反応をされると思っていた風間は少し驚いたように確認する。

「尻尾なんかより風間さんのがいいし…」

哉太の尻が未開の地ならともかく、尻尾がついたオモチャでさんざん刺激されまくっているだけに、受け入れる覚悟のようなものが固まっていた。

「あっ、でもできれば風間さんも裸になって欲しいな…なんて」

はじめてのエッチはちゃんと裸で抱き合いたいなんて、我ながら夢見がちだと思いながらも哉太はそんなふうにつけ加える。

「わかりました」

フッと微笑んだ風間は哉太の望みどおりスーツを脱ぎ捨てると、躊躇うことなく一糸纏わぬ姿になった。

均整が取れた風間の裸体に哉太は目が釘付けになってしまう。

「尻尾抜きますよ…」

哉太の膝を大きく左右に開かせた風間は、尻尾を掴んでゆっくりと引き抜いていく。

「くぅ…ンッ！」

プラグがズルッと引き抜かれる排泄感に哉太は思わず眉をひそめる。

「だいぶ中のほうまで柔らかくなってますね」

風間は抜けた尻尾の代わりにすかさず指を差し込むと、内壁の具合を確認して満足そうに頷いた。

「はっ…あ…」

無機質なプラグとは違う風間の指を哉太は無意識にキュウキュウと締めつける。

中の様子を確認しただけで指を引き抜いた風間は、尻尾と一緒にアタッシュケースの中に入っていた小瓶を取り出す。

「ナ…ニそれ？」

無色透明な瓶の中身を手のひらに垂らして粘度を確認している風間に、哉太は不安そうな顔をして問いかけた。

「ただのローションだと思います」

風間はそう言って瓶の中身を直接哉太のペニスに垂らしてやった。

「冷たっ…」

粘り気のあるヒンヤリとした液体がペニスを伝う感触に哉太はビクッとなる。

「でもヌルヌルして気持ちいいでしょ？」

尻の割れ目のほうまで滴っているローションを塗りつけるように、まだ元気のないペニスを緩く扱いてやりながら風間は問いかけた。

「んっ…イイッ！」

ヌチャヌチャと卑猥な粘着音を響かせて擦られると、哉太の分身はたちまちムクムクと膨らんでしまう。

さらに風間は哉太の奥まった部分や、自身のペニスにもたっぷりローションを滴らせていく。

「挿れますよ…」

哉太の入口にペニスを押し当てた風間は、そう一声かけてから先端をグッとめり込ませた。

「つはっ…」

指やプラグとは比べ物にならないほど太い塊に狭い穴をこじ開けられて、哉太は引き裂かれるような痛みに襲われる。

「そんなに力まないで、深呼吸してみてください」

まるで侵入を拒むかのように括約筋に力を入れる哉太に、風間は優しくペニスを撫でてやりながら促した。

「ひっ…はぁッ！　てぇっ！」

哉太はなんとか大きく息を吸い込もうとするが、力の抜けた隙に奥の方まで挿ってくる風間に脂汗《あぶらあせ》が滲んでしまう。

「くぅッ…」

「痛いですか？」

眉間に皺を寄せて激痛を堪えている哉太に、さすがの風間も強引に腰を進めることができなくなる。

「こ…んくらい、平気っ」

心配そうな顔をしている風間に気づいた哉太は無理してニカッと笑ってみせた。

「哉太くん…」

強がる哉太の健気な姿に胸を打たれた風間は、感情の赴くままに哉太の唇を奪った。

「んっ…ふぅッ」

下唇を甘噛みされたり舌先をチロチロと擦り合わせたりすると、くすぐったくて気持ちよくて哉太は風間から与えられるキスに夢中になる。

「全部挿っちゃいましたよ…」

ようやく根本まで侵入を果たした風間はホッとしたように囁いた。

「あ……」

ピッタリと密着した下半身から風間の重みを感じて、ジンジンッと脈打つほどの激痛も風間とひとつになった証だと実感できる。

「泣くほど辛いですか?」

幸福感と達成感から大きな目に涙をいっぱい溜める哉太に、風間は申し訳なさそうな顔で尋ねた。

「チガくてっ、嬉し…」

哉太はズズッと鼻を啜って照れくさそうに嬉し涙であることを打ち明ける。

「私も、哉太くんとひとつになれて嬉しいですよ」

甘い感情が込み上げてきた風間は、ニッコリと笑って哉太の広いおデコにチュッとキスを落とす。

「風間さんっ」

風間の心からの笑顔を見ることができて、感極まった哉太は風間の背中に腕を回してギュッと抱きついた。

クールな笑顔のポーカーフェイスとは違う優しい表情が哉太の胸を熱くする。

「ゆっくり動きますから…」

風間は哉太の耳元でそう囁くと、哉太の足を膝が肩につくほど折り曲げてジリジリとペニスを引き抜いていく。

「んクッ…ハッ…」

熱く滾《たぎ》ったペニスが内壁を擦る異物感と排泄感に哉太は必死で歯を食いしばった。

先端のギリギリまで引き抜いてから再びズズッと奥へ侵入させて、風間は次第に哉太の中が自身の大きさに馴染むのを待つ。

「ンッ…あっ…」

はじめは痛いだけだったのが何度もゆっくり抽挿されると、火傷《やけど》しそうな熱の中に燻《くすぶ》っていた快感が疼きだす。

「はぁっ！」

さらに奥に挿れたまま腰をクイッと突き上げるようにされて、哉太の背筋に痺れるような快感が走り抜けた。

「奥の方が気持ちいいですか？」

わかりやすい反応を示す哉太に、風間は奥のポイントを突くように腰を小刻みに律動させてみる。

「わ…かんな…ヒッ！」

戸惑いながらも哉太は風間の動きに合わせて内壁をキュウッと収縮させた。

「あっ！　ソコッ！」

次第に大きく叩きつけるように腰を突き上げられて、背筋を伝って脳天まで突き抜けるような快感に哉太はワケがわからなくなる。

「こうやって突き上げるのがイイんですねっ」

「あんっ！」

確かめるように何度もその部分を突かれた哉太は大きく背を仰け反らせて喘いだ。

「なっ…俺、やぁッ！　変っ！」

自分が出したとは思えないような嬌声《きょうせい》に、カァッと赤くなった哉太はイヤイヤをするように首を振った。

「なにが変なんですか？」

クスッと笑った風間は容赦なく腰を律動させながら、哉太の胸でポッンと尖っている小さな膨らみに指を這わせた。

「ビリビリッ…痺れる…うぁッ！」

下半身を襲う痺れるような激しい快感と乳首を指で捏ねられる緩い快感が、あまりにも対照的で両方気持ちよくて頭がこんがらがってくる。

「ダッ…胸舐めちゃっ！　あぁっ！」

さらに乳首を舌でチロチロ転がされると、ペニスまで疼くような快感に襲われて哉太は甲高い声を上げげた。

「も…おかしくなっちゃうよぉ…ッ！」

「いいですよ、おかしくなっても」

あまりの気持ちよさに泣き言を漏らす哉太に、風間はなおもペニスに指を絡めて性感を高めようとする。

「あーッ！　ヤァッ！」

三カ所同時に責められた哉太は、まるで全身が性感帯になってしまったみたいに敏感になって、限界まで膨らんだペニスはいまにも爆発してしまいそうだった。

「またイクッ！　あんっ！」

哉太は中に銜え込んだ風間をキュウキュウ締めつけながら絶頂を訴える。

「私もそろそろ限界です…」

コクンと頷いた風間はラストスパートをかけるように、哉太の最奥《さいおう》を何度も激しく突き上げた。

「あぁ――ッ！」

一際大きく腰を叩きつけられた哉太は悲鳴のような声を上げてイッてしまう。

「くぅっ…」

ほぼ同時に風間も哉太の中に熱い奔流を注ぎ込んだ。

「はぁ…」

放出を終えた哉太は精根尽き果てたように呆然としている。

「哉太くん…」

萎えた自身を哉太の中から引き抜いた風間は、荒い呼吸を整えている哉太にそっとキスをした。

「んっ…ふぅ…」

そのまま啄《ついば》むような優しいキスを何度も繰り返す風間に哉太はウットリとなる。

風間の首に手を回そうと身じろぎした途端、後孔から風間の放った精液がドロッと溢れだして哉太はハッと我に返った。

「あーもうっ」

なんとも居たたまれない気分になった哉太は両手で顔を覆って自己嫌悪に陥る。

「どうしたんですか?」

せっかくの甘い気分をぶちこわすような哉太のリアクションに、風間は目をパチクリさせて尋ねた。

「結局ケツに突っ込まれて気持ちよくなってるし…」

本当は哉太が風間の中でイキたかったのに、中出しされて喜んでイッてしまうなんて理想とかけ離れすぎている。

「よかったですね」

むしろ気持ちよくなってもらわなければ困る風間は、ニッコリと笑って哉太の頬にキスをしてやった。

「よくない!」

素直に喜ぶコトなんてできるはずもない哉太はムキになって叫んだ。

「こうなったら俺も風間さんをケツで感じさせてやるっ!」

「ハイ、待て」

哉太はヤラレっぱなしでたまるかと体勢を入れ替えて風間を組み敷こうとする。

「うっ…」

鼻先に手を差し出された哉太は条件反射でピタッと止まってしまう。

「飼い主に襲いかかるようでは、まだまだ躾が必要みたいですね」

わざとらしくため息を吐いた風間はムクリと起き上がると、哉太の身体をうつ伏せにして腰だけを高く掲げるような体勢にした。

「やっ、ちょっ…」

慌てる哉太にはかまわず風間は精液が滴《したた》っている哉太の穴の状態を確認する。

少々腫《は》れて熱を持ってはいるが、切れてもないし風間の指に合わせて物欲しそうに蠢く様はかなり卑猥《ひわい》だ。

「今日は朝までたくさんお仕置きしてあげますから、覚悟しててください」

風間はそう言って哉太の引き締まった小さな尻をペチンと叩いた。

「イテッ！」

ギクッとなった哉太が身を竦めていると、再び風間の先端が入口に押し当てられて奥まで一気に侵入してくる。

「だっ…あぅッ！」

問答無用で二回戦をはじめてしまった風間に、抵抗する間もなく哉太は快感の波に攫われていく。

有言実行《ゆうげんじっこう》の風間に哉太が朝まで鳴かされたことは言うまでもない。

それから一週間後、国民の圧倒的な支持を武器に党員の支持を取りつけていった古葉辰巳は、竹山派の候補者を破り見事内閣総理大臣に就任した。

哉太の誘拐事件が表立ってニュースになることもなく、辰巳自身の人柄と政策で勝ち取った勝利だった。

今や総理大臣の息子となった虎次には、ますます危険が付きまとうかもしれないし、風間はこれまで以上に虎次にピッタリ付き添ってなければならない。

「ねぇ、奥菜先生は風間さんが若虎にベッタリで嫉妬とかしねーの？」

辰巳の内閣総理大臣就任披露パーティーの席で、虎次に寄り添う風間に哉太は複雑な気分を覚えながら雄大に問いかけた。

仕事だとはわかっていても、恋人同士になった今は片想いの頃よりずっと嫉妬心が強くなった気がする。

「全然しないとは言わないけど、子虎にその気がないことはわかりきってるからな」

ふて腐れたような顔をしている哉太に雄大は肩を竦めて答えた。

実際虎次は風間が側にいようと気にもとめてない感じで、風間のほうがボディーガードとして一方的に虎次に目を光らせているだけなのだ。

哉太の立場だったら面白くないのはある意味当然だと思う。

「うー」

「子虎も風間さんもまとめて守れるくらい強くなるんだろ？」

仕方なく雄大は哉太を励ますように発破をかけてやる。

「そんで、いつか風間さんより強くなって、風間さんのバックバージンをいただくのが最終目標だけどなっ」

哉太は嫉妬で目をギラギラさせながら壮大な計画を明かした。

「ふーん」

単純に強さの問題だけでなく、体格や性格を考えても哉太が風間より上手になれる日がくるとは思えない。

「てか俺、警察学校に入ってSPになることに決めたから」

「はっ？」

すっかり保留になっていた進路を突然口にする哉太に雄大は唖然となる。

「風間さんがあんだけ強いのって、要人警護の特殊訓練受けたからだろ？」

いくら空手だけ強くなっても風間には敵わないと悟った哉太は、風間と同じ道に進んで追い越すことに決めたのだ。

「まぁ、そうかもな」

雄大もSPがどんな訓練をしてるのか知らないが、要人警護という点では国内最高峰であることに間違いない。

「だから俺もその道のスペシャリストを目指すのっ」

哉太は得意気に腰に手を当てて言い切った。

「でも浅木にSPは無理なんじゃないか」

意気込みだけは素晴らしいが現実がわかってない哉太に雄大は苦笑いを漏らす。

「なんで？　警察学校ってそんなに偏差値高いの？」

お勉強が苦手な哉太は焦ったように確認する。

「いや偏差値は関係ないけど、SPには身長とか諸々の条件があったはず」

「身ちょ…う…？」

思いがけない障害を口にする雄大に、哉太は愕然となってつぶやいた。

「チビッコのSPなんて見たことないだろ？」

一八〇を超える長身の雄大は、ポカンとマヌケ面をしている哉太の頭をグリグリと撫でてやった。

総理大臣に就任した辰巳の脇にはお誂《あつら》え向きにSPが控えているが、ドイツもコイツも大柄でいかにも屈強そうな風貌をしている。

「身長はまだこれから伸びるかもしんないじゃんっ！」

嫌でも身長差を意識させられた哉太はムキになって雄大の手を頭から剥がそうと藻掻く。

「雄大っ！　哉太と仲良くするんじゃないっ！」

そこへ目敏《めざと》く二人のやりとりを見つけた虎次が憤慨したように駆け寄ってきた。

「若虎だって風間さんとベッタリのクセに！」

哉太は思わず苛立ち紛れに言い返す。

「むっ？」

思いがけない反論に怯んだ虎次は困惑気味に風間と哉太の顔を見比べる。

「虎次坊ちゃまをお守りするのが私の仕事ですから」

風間は動じることなくニコッと笑って当然のように言い切った。

「そんなことわかってるよ！」

根がクールで仕事と恋愛を混同することのない風間に哉太はキーッとなって叫んだ。

「わかってて言い掛かりをつけたんですか？」

すると風間はヒョイッと片方の眉を吊り上げて聞いてくる。

「チガッ…」

たちまち怖い顔をする風間にギクッとなった哉太は慌ててブンブンと首を振った。

「そんなワガママな子にはお仕置きが必要ですね」

大袈裟に肩を竦めた風間はヤレヤレという口調で宣告してやる。

「なっ⁉」

「屋敷に戻ってから、覚悟しておいてください」

大きな目を見開く哉太に風間はフッと妖艶な笑みを浮かべて囁いた。

「うぅ、やぶ蛇だぁ…」

まさかの事態に哉太は失言を後悔せずにはいられない。

「どうせエッチなお仕置きなんだからいいじゃねーか。たっぷり可愛がってもらえよ」

ズーンと落ち込んでいる哉太に、雄大はむしろかまってもらえてよかったとでも言いたげに突っ込む。

「本当は俺が風間さんを可愛がってあげたいのにぃ～！」

理想とギャップがありすぎる現実に頭を抱えながらも、愛され躾けられることが嫌いではない哉太はもどかしげに地団駄を踏んだ。

虎次に寄り添う風間に嫉妬を覚えつつお仕置きを期待して、哉太はパーティーの間中胸を高鳴らせるのであった。

あとがき

どぉも、こんにちは！　松岡裕太《まつおかゆうた》でっす！

はじめましての方もよろしくお願いしますですっ。ペコペコ。

今回は前作のあとがきで予告したとおり、金髪ツンツンヘアがトレードマークの哉太《かなた》が主人公のお話です～。わ～い。

ちなみに前作の『生意気な主《あるじ》、躾《しつ》けます！』は、バカで非常識なお坊ちゃまに目をつけられた攻が「犬になれ」と言われて、逆にお坊ちゃまを受に躾けるという話でした。

しかし今回は哉太自ら「犬にしてください！」と迫る設定です。（笑）

大好きな人に犬としてアンナコトやコンナコトをされて、哉太の片想いは実るのか⁉ってのが最大の見所ですっ。

あっ！　一応作品の世界は前作とリンクしてますが、主人公カップルも別だし、この作品だけでも独立して読めるように書いてありますのでご安心をっ！

とはいえ前作の挿絵で萌木《もえぎ》ゆう先生が描いてくださった哉太に萌え萌えだったオイラは、あんなプレイやこんなコスプレもさせたいという邪《よこしま》な願望が膨らみ、予定よりやたらとページ数が増えてしまいました。エヘ。

意欲は満々だったのに遅々として原稿が進まず大幅に予定より遅くなって、担当さんはじめ編集部の皆様、萌木先生にもご迷惑をおかけして申し訳ありませんでした！

でもオイラ的には書きたいことが全部書けて満足です！（オイ）

表紙イラストのニコヤカに鬼畜な風間《かざま》にM心を刺激され身も心も捧げたくなり、哉太のヤンチャっぽい困り顔にS心を刺激され泣かせてやりたくなりました。

萌木先生、今回も素晴らしいイラストをありがとうございます！

そういえば前作の感想をいつになくお手紙でくださる方がいて嬉しかったです～。

メールやHPで感想を聞かせていただくのも嬉しいのですが、お手紙はまた違った特別感があってメチャクチャ幸せな気分になれましたっ。

兄カップルの話を読みたいというご意見もいただいたので、いつか書けるといいな～と思っております。兄編のリクエストはただいま絶賛受付中でございます。

モチロン！　哉太編の感想もお待ちしております！

裕太のHP（http://www.interq.or.jp/pink/u-ta/）にも遊びにきてくださいねっ。

それでは、また次回作でもお会いできることを心から願っております！


松岡裕太でした。

今回 イラストを担当させて頂いた
萌木ゆうです！中性的な外見の攻が
大好きなので、風間さんを描かせて頂くのが
とっても楽しかったです♥ 哉太も好きです！犬受け大好物…！

ではでは、どうもありがとう
ございました～！

萌木ゆう

KAIOHSHA ガッシュ文庫

やんちゃな犬、躾けます!
(書き下ろし)

やんちゃな犬、躾けます!
2009年4月10日初版第一刷発行

著　者■松岡裕太
発行人■角谷　治
発行所■株式会社 海王社
〒102-8405
東京都千代田区一番町29-6
TEL.03(3222)5119(編集部)
TEL.03(3222)3744(出版営業部)
www.kaiohsha.com
印　刷■図書印刷株式会社
ISBN978-4-87724-970-0

松岡裕太先生・萌木ゆう先生へのご感想・ファンレターは
〒102-8405 東京都千代田区一番町29-6
(株)海王社 ガッシュ文庫編集部気付でお送り下さい。

ガッシュ文庫

小説原稿募集のおしらせ

ガッシュ文庫では、小説作家を募集しています。
プロ・アマ問わず、やる気のある方のエンターテインメント作品を
お待ちしております！

応募の決まり

[応募資格]

商業誌未発表のオリジナルボーイズラブ作品であれば制限はありません。
他社でデビューしている方でもOKです。

[枚数・書式]

40字×30行で30枚以上40枚以内。手書き・感熱紙は不可です。
原稿はすべて縦書きにして下さい。また本文の前に800字以内で、
作品の内容が最後まで分かるあらすじをつけて下さい。

[注意]

・原稿はクリップなどで右上を綴じ、各ページに通し番号を入れて下さい。
また、次の事項を1枚目に明記して下さい。

タイトル、総枚数、投稿日、ペンネーム、本名、住所、電話番号、職業・学校名、年齢、投稿・受賞歴（※商業誌で作品を発表した経験のある方は、その旨を書き添えて下さい）

・他社へ投稿されて、まだ評価の出ていない作品の応募（二重投稿）はお断りします。

・原稿は返却いたしませんので、必要な方はコピーをとって下さい。

・締め切りは特別に定めません。採用の方にのみ、3カ月以内に編集部から連絡を差し上げます。また、有望な方には担当がつき、デビューまでご指導いたします。

・原則として批評文はお送りいたしません。

・選考についての電話でのお問い合わせは受付できませんので、ご遠慮下さい。

※応募された方の個人情報は厳重に管理し、本企画遂行以外の目的に利用することはありません。

宛先

〒102−8405　東京都千代田区一番町29−6
株式会社 海王社　ガッシュ文庫編集部　小説募集係